罗生门

[日] 芥川龙之介 著

林敏洁 译

重庆出版集团 重庆出版社

图书在版编目（CIP）数据

罗生门 /（日）芥川龙之介著；林敏洁译. — 重庆：重庆出版社，2023.6
ISBN 978-7-229-17621-1

Ⅰ. ①罗… Ⅱ. ①芥… ②林… Ⅲ. ①中篇小说－小说集－日本－现代②短篇小说－小说集－日本－现代 Ⅳ. ① I313.45

中国国家版本馆CIP数据核字（2023）第078369号

罗生门
LUOSHENGMEN
[日] 芥川龙之介 著 林敏洁 译

丛书策划：李　子
责任编辑：李　子　彭昭智
责任校对：刘　刚
装帧设计：荆棘设计
版式设计：侯　建

重庆出版集团
重庆出版社 出版

重庆市南岸区南滨路162号1幢　邮政编码：400061　http://www.cqph.com
重庆天旭印务有限责任公司印刷
重庆出版集团图书发行有限公司发行
E-MAIL:fxchu@cqph.com　邮购电话：023-61520646
全国新华书店经销

开本：787mm×1 092mm　1/32　印张：5.75　字数：120千
2023年8月第1版　2023年8月第1次印刷
ISBN 978-7-229-17621-1
定价：35.00元

如有印装质量问题，请向本集团图书发行有限公司调换：023-61520678

版权所有　侵权必究

目录

仙人 1

火男面具 12

罗生门 24

鼻 34

孤独地狱 46

父亲 53

虱子 62

酒虫 74

野吕松木偶 87

山药粥 95

猿 122

手绢 133

忠义 148

貉 175

仙　　人

上

此乃何时之事，已然无法得知。据说，在中国北方某地有位走街串巷的卖艺人，名唤李小二。他做的营生是让老鼠表演杂耍，因而全副家当不过是一个装着老鼠的口袋、一个装有服装和面具的箱子，再加上一个临时小舞台——此外一无所持。

若赶上好天气,他便去十字路口人来人往的地方,肩上扛着那个小舞台,然后敲着拍板唱起歌,以吸引看客。城里人爱看热闹,因此无论大人还是孩童,听到声音,几乎都会纷纷聚来。顷刻间,观众便围起一道人墙来。李小二从袋子里掏出一只老鼠,给它穿上衣服,戴上面具,让它从舞台的暗道里登场。那只老鼠似乎早就习以为常,急匆匆爬上舞台,饶有架势地抖动了几下那如绢丝一般有光泽感的尾巴,然后小心翼翼地用两只后脚站立起来,只见它印花布衣下露出的两只前脚掌微微泛红。这只老鼠表演的是杂剧开始前的所谓"楔子"。

围观的孩童们高兴得不得了,打一开始便拼命鼓掌,但大人却不会轻易露出佩服的神情。这种破戏有啥看头?有人冷冷地吸着烟管,有人则百无聊赖地拔着鼻毛,大都以一种看傻瓜的眼光看着在舞台上来回奔跑的老鼠。然而随着曲目的转换,各式各样的老鼠角儿纷纷由暗道爬了出来,有穿着锦缎碎布织成的衣服的正旦,也有戴着黑色面具的净角儿。它们一边或是翻转或是跳跃，一边和着李小二的唱词或旁白，做出各种各样的动作。此时观众的兴头总算被提了起来，周围的人群中开始有人大声叫好，还有人喊道"唱大声点儿"。李小二这才拿出干劲，赶忙敲着拍板，巧妙地指挥着舞台上的老鼠。当题目正名①"沉黑江明妃青冢恨，耐幽梦孤雁汉宫秋"一出口，摆在舞台前的破盆里眼看着便堆满了铜钱……

然而靠这种营生来糊口绝非易事。一则，若是十天半月天气不好就得饿肚子。夏季自麦子成熟之时始，便如期进入雨季，小小的衣裳与面具也不知不觉就会发霉。冬季又是寒风凛冽又是大雪纷飞，也时常做不成生意。诸般不顺之时别无他法，李小二只能窝在阴暗的客栈一隅，守着那些老鼠一起排遣郁闷。这样动荡不安的漂泊生活，他早已厌倦。李小二一共有五只老鼠，他分别用自己父亲、母亲、妻子以及两个失踪的儿子的名字给它们起名。这些老鼠有时一只只爬出口袋，在没有火炉的房间里瑟瑟发抖地走来走去；或

---

① 题目正名，元杂剧在剧本末尾，用二句或者四句韵，说明剧本的思想内容以进行收场。

是沿鞋尖爬上膝盖，做一些危险的杂技动作，并瞪着豆大的黑眼睛盯着主人的脸。即便李小二饱受生活折磨，此刻也常常热泪盈眶。然而，在更多的时候，他也无法顾及那些令人同情的老鼠。他担忧着明日的生活，常常没来由地产生不快情绪，产生莫名其妙的愤恨与烦躁。

加之年纪与日俱增，身体状况也是每况愈下，因而更加无法投入精力去做生意。就连唱那些音高或是曲调较长的戏词，他都唱得上气不接下气，嗓音也不如往日那般透亮。这种节骨眼上，谁都不能保证不会发生任何问题。这种不安恰如中国北部的寒冬一般，遮蔽了这悲惨的街头卖艺人心中仅有的阳光和空气，想如寻常人一般生活下去的信念也一同枯竭。为何人生如此凄苦？又为何即便如此凄苦也必须活下去？李小二自然从未考虑过这些问题，然而他也认为这份凄苦不合道理。因而，李小二虽不明白那凄苦的根源为何物，却依旧无意识地憎恨着凄苦的根源。或许，他之所以对凡事都抱有冷漠的反抗之心，也是源自这种无意识的憎恨。

即便如此，李小二也和所有东方人一样，无意屈服于命运。一个风雪之日，李小二在客房里饥肠辘辘，对着老鼠们这样说道："忍耐啊！我自己也忍耐着饥寒。无论如何，活下去就要受苦。相较于老鼠，我们人类更加苦楚啊……"

中

下雪之日，阴沉的天空不知何时下起冷冷的雨夹雪，狭窄的小路泥泞不堪。这事发生在一个寒冬的午后。那天李小二结束买卖正准备回去，他照例将装着老鼠的口袋扛在肩上，可怜的是忘了带伞，浑身上下都湿透了。他走到城市边缘，这里已经没有小路了，却看见路边有一座小庙。此时，雨雪下得更大了，他抱紧胳膊往前走，鼻尖上滴下雨滴，雨水渗进衣领。走投无路之际，李小二看见那座庙，便慌忙跑到檐下。他先是擦了擦脸上的雨水，又拧了拧袖子，总算松了口气。这时，他抬头望了一眼庙上的匾额，上面写着"山神庙"三个字。

他登上入口的几级石阶，庙门虚掩，能看见庙内的情形。里面比预想的还要狭窄，正面是一尊金甲山神，置身于蛛网之中，失神地等待天黑。其右是判官，不知是何人的恶作剧，竟没了头颅。其左是一小鬼，绿面红发、面目狰狞，却没了鼻子。神像前的供案落满灰尘，上面堆放着许多纸钱，借着昏暗中的微弱亮光，他看出那是金纸和银纸。

李小二看到这些，便将视线从庙中转向了庙外，恰好这时，纸钱堆里出现了一个人。实际上那人从方才起一直蹲在那里，只是李小二的眼睛刚适应昏暗的环境，直到现在才看到那人。然而对于李小二而言，那人仿佛突然从纸钱堆里钻出来一般。李小二有些许惊恐，战战兢兢地用似看非看的神情静静地窥探着那人。

那是位相貌丑陋的老人，身着满是污垢的道袍，头发乱糟糟的如同鸟窝。（哈哈，李小二心想，原来是个叫花子老道呀！）道士双手抱住自己瘦削的膝盖，将自己蓄有长胡须的下巴抵在膝盖上。他睁着眼睛，却不知在看向何处。道袍的肩部湿透，从这点来看应该也是遇上了这大雨。

李小二看到这位老人，觉得有必要搭句话：一则是对落汤鸡一般的老人动了几分同情之意，二则是出于人情世故的考虑，不知何时，他已养成了在这种情况下必须主动打招呼的习惯。又或许还有另一个原因，就是他想努力忘却起初的那种恐怖心情。于是，李小二靠近搭话道：

"真是恼人的天气啊！"

"是啊。"老人把下巴从膝盖上移开，看向了李小二。他夸张地摇了两三次如鸟喙一般弯曲的鹰钩鼻，紧蹙着眉头看向李小二。

"像我这样跑生意的人，遇上雨天真是欲哭无泪。"

"哦，那您做什么生意呢？"

"耍鼠戏的。"

"这可真是少见呢。"

如此这般，两人一问一答地聊了片刻。说话间，老人从纸钱堆中站起身来，跟李小二一起坐在了入口处的石阶上。此时，他的样貌清晰可辨，但是给人感官上带来的冲击却越发强烈。他那面容简直是形容枯槁。即便如此,李小二仍旧觉得遇到了一个不错的谈话对象,便将口袋和小箱子放在石阶上,像同辈人一般,跟他交谈了许多。

道士似乎沉默寡言,问半天也不回答一句,每次都是附和着说一句"原来如此""这样啊"之类的。每当此时,他那没有牙齿的嘴巴都好似啃咬着空气一般动起来,牙根附近脏兮兮的黄胡子也随嘴巴的开合而上下蠕动。那种景象实在是不堪入目。

李小二觉得,与这位老道士相比,无论哪个方面,自己都属于生活上占优势的一方,自然这种优越感也令人愉快。与此同时,李小二又莫名觉得这份愉悦同时伴随有对老人的愧疚之情。因这种愧疚之情,李小二将话题引向生活不易、自己的生计之苦,并有意识加以夸大。

"说实话,我过得真的是苦不堪言,时常饿着肚子过一天。最近我也深刻意识到'到底是我靠老鼠演戏来混饭吃,还是其实是老鼠支配我做买卖来营生呢?'实际上,是它们在靠我呀。"

李小二心中茫然,连这样的事情都说出口,但道士那边仍旧不改缄默的态度。李小二此时神经变得更为紧绷。道长，你是否觉得我所说之事恍如隔世？早知道就不说多余的话，也许还是沉默比较好。李小二在心里这般斥责自己，于是用余光瞅了一眼老人。只见老人的脸朝向与李小二相反的方向，眺望着被雨水敲打的庙外枯柳，一只手不断梳理着头发。虽看不见他的神情，但那份神情似乎也表明，他早已看透李小二的思量而不愿搭理。如此想来，李小二多少感到有些不快，然后更多的是未将自己的同情之情彻底表达出来的不满。于是乎，接下来的话题变成了今年秋季的蝗灾。他想借由地方蒙受的惨重灾害到一般农家的普遍穷困来化解老人的穷困现状。

话说到一半，老道士转向李小二一边，那堆皱纹叠合的脸部肌肉给人以紧张感，好似在克制某种荒诞之感。

"你似乎在同情老朽。"说罢，老人抑制不住地大笑起来，声音如同乌鸦鸣叫一般尖锐、嘶哑，"老朽并无钱财之忧。如果你希望，在下甚至可以在金钱上相助于你。"

李小二话说一半，就那般呆呆地看着道士的脸。这人怕是疯子吧。终于，目瞪口呆了半天，李小二得出这一结论。然而这一结论也马上被老人接下来说出的话所打破。"1000镒①、2000镒的话，现在就可以奉上。老朽实际上并非凡人。"紧接着老人开始精简地说起自己的经历。他原本是某地的屠夫，机缘巧合之下遇到吕祖，转而习道。说罢，道士便静静站起来，走进庙中。道士一手召唤着李小二，一手将地面上的纸钱汇聚起来。

　　李小二好似失去五感一般，茫然地爬进庙中。地上满是老鼠的粪便和灰尘，李小二两手撑地，匍匐着身子，仰起头从下至上盯着道士的脸庞。

　　道士痛苦地伸着佝偻的腰，两手将聚集的纸钱从地上拾起来。而后用手掌揉搓纸钱，快速撒在脚下。只闻得叮当当一阵响，迅速压制住了庙外的凄寒雨声。被撒下的纸钱在离开手那一瞬间变作了无数金钱和银钱。……

---

① 镒，古代的通用货币，合20两。

李小二在这钱雨中，纹丝不动地匍匐在地上，一直失神地仰望着老道士的脸庞。

下

李小二获得了陶朱之富。每当有人对他偶然间遇到仙人之事持怀疑态度，他便出示那时请求老人写给自己的四句箴言。我很久以前在某书上看到过这一故事，但很遗憾，现在早已忘记原本的记述，唯有将中文意思大致翻译成日文，并以此作为故事结局。据说，这也是李小二在追寻的答案——仙人为何扮作乞丐。

"人生苦短当求乐，人间有死方知生。脱离死苦归平淡，凡人死苦胜仙人。"

或许，仙人也留恋人间的生活，所以特地来找寻苦难之事吧。

大正四年（1915）七月二十三日

火 男 面 具

　　吾妻桥①上，许多人凭栏而立。不时会有巡警前来说上几句，但很快又挤得人山人海。原来大家都是来看桥下驶过的赏花船的。

---

① 隅田川上架设的一座桥，连接东京都台东区浅草和墨田区向岛。1774年初次架设，也称大川桥。

每隔一段时间，便会有一两艘船从下游乘着退潮的河流逆流而上。这些船大都搭着帆布顶棚，四周挂着红白相间的帷幕。船头上插着旗子或是挂着古色古香的长旗。船里的人似乎都喝醉了。透过帷幕缝隙，可以看到将同款手巾绑成吉原式①或米店式②的人们，正在"一啊二啊"地吆喝着划拳。他们一边摇头晃脑，一边痛苦地哼着什么。这番景象在桥上的人看来，实在是有些滑稽。每次和着伴奏或载着乐队的船经过桥下，就会引发桥上一片"哇"的笑声，夹杂着一两声"傻瓜"。

俯瞰桥下，河水就如同马口铁一般反射着白茫茫的阳光。不时驶过的蒸汽船，仿佛给河面镀上一层耀眼的横波。欢快的太鼓、笛子、三味线声像虱子一般将平滑的水面叮得发痒。从札幌啤酒厂的砖墙尽头一直到堤坝的上方，层层叠叠宛如烟笼雾罩一般绵延开来的正是现在盛开的樱花。言问码头似乎停着许多和

---

① 吉原位于东京都台东区浅草北部，原为妓院区，现为千束的一个地区。喝花酒的客人常将手巾扎在头上。
② 出售谷物的商人常将手巾包在头上防止灰尘。

式木船和小艇。由于那里的阳光正好被大学的小船库挡住了，从这儿看只能瞧见一片正在移动的黑影。

这时，又有一艘船从桥下穿过。和刚才驶过的几艘船一样，也是赏花船。红白相间的帘幕旁竖着同样红白相间的旗子，两三个船夫站在船头轮番摇橹撑杆划船，他们头上都缠着印有红色樱花的同款手巾。即便如此，船速也不怎么快。可以看到帷幕后面大约有五十来人。在穿过桥之前，可以听到船上有两把三味线合奏《迎春梅》之类的曲子。一曲终了，突然加入了锣声，开始了喧闹的伴奏。桥上的看客又"哇啊"地笑成一片。还传来了孩子在人群中被挤来挤去的哭声以及女人的尖叫"瞧啊！在跳舞啊！"船上，一个戴着火男面具的矮个子男人，正在风幡下胡乱地舞着。

那个戴着火男面具的人，脱去秩父铭仙的绸制外袍，露出里面那件华丽的友禅绸①内衣。内衣的袖子上还印着白色的花纹，黑八丈式②的衣领胡乱敞着，藏蓝色的贡品腰带也松松垮垮，耷拉在后面，看上去醉得

---
① 染上花鸟等图案的一种丝绸。
② 原产于八丈岛，一种黑色厚绢，用来做男人和服内衣的袖口和领子。

很厉害。舞蹈自不必说，根本就是在瞎跳。只不过是在愚蠢地模仿着神乐堂①里舞者的手势，重复着同样的动作罢了。看他醉得连手脚都不利落的样子，有时又会让人觉得他只是为了防止失去重心从船舷掉下去，才在那儿晃动着手脚。

这样一来就更好笑了，桥上的人们大声嚷嚷着起哄。大家边笑边七嘴八舌地议论道："你瞧他扭腰的那个样子。"

"还挺得意的呢，不知道这家伙是从哪儿来的？"

"真是滑稽，哎呀，还差点摔了一跤。"

"还不如不戴着面具跳呢。"

……谈论的内容大抵如此。

不多时，也许是酒劲上来了，他的脚步逐渐变得怪异起来。他那用赏花手巾包裹住脸颊的脑袋，就像一个不规则的节拍器一般，几度差点栽到船外面去。船夫似乎也很担心，从身后向他吆喝了两次，可那人似乎完全没有听到。

---

① 设在神社里奏神乐用的殿宇。神乐是祭神的音乐和舞蹈，雅乐的一种。

这时，方才驶过的汽船激起一阵横波，波浪沿着河面斜刺滑过来，剧烈地晃动着船的底部。那身材矮小的假面人，似是遭受了波浪的冲击，跟跟跄跄地向前扑了三步，好不容易才站定下来，却又像突然停止旋转的陀螺一般，在空中画出一个大圆。一眨眼的工夫，只见他穿着日式棉毛裤的双脚朝天，倒栽葱似的滚落到驳船里。

桥上的看客见状，又哄然大笑起来。

这么一下，大概把三味线的琴杆给弄断了。透过帷幕的缝隙望去，原来喝醉酒闹得正欢的一群人都慌了神，时而站着时而坐着。一直在伴奏的人也像是停止了呼吸，顿时停下手中动作，只能听见吵吵嚷嚷的人声。总之，准是出现了意想不到的混乱局面。过一会儿，有个喝得满面通红的男人从帷幕里伸出脑袋，惊慌失措地摆着手，急匆匆地不知对船夫说了句什么。于是不知怎的，船头突然朝着樱花树对面的山间旅舍的河岸驶去。

在那之后过了十分钟，桥上的看客就听说了戴火男面具的人突然死亡的消息。第二天报纸的"琐闻集锦"

栏将此事刊载得更详细一些。据说死者名叫山村平吉，死因是脑溢血。

山村平吉继承父辈的生意，在日本桥的若松町经营着画具店。平吉死于四十五岁，撇下了满脸雀斑的瘦小妻子和当兵的儿子。家里虽说不上富裕，倒也雇了两三个用人，日子过得和常人一样。听说在甲午中日战争时期，平吉买断了秋田一带的孔雀石制的绿颜料，发了一笔横财。在那之前，他开的画具店不过是个老铺子而已，主顾却寥寥无几。

平吉长了张圆脸，他的头顶微秃，眼角也有了细纹。他身上有点滑稽的气质，待人一向很恭敬。他的嗜好只有喝酒，在酒品方面还算好的。只是，喝醉了的话就爱乱跳一通。不过，据他本人所说，那是因为之前滨町丰田的女老板学巫女舞的时候，他也跟着练的缘故。当时，无论是新桥还是芳町，神乐都颇为流行。但是，他的舞蹈并没有自己吹嘘的那么好。说得不好听一些，那简直就是乱跳一通；说得好听一点，他的舞还不算令人讨厌，好歹像跳喜撰之类的乐舞。其实，他本人似乎也很清楚这一点，所以他不喝酒清醒的时候从未提过"神乐"这两个字。即使有人起哄说:"山村大哥,表演些什么吧。"他都是打个马虎眼糊弄过去。然而,一旦沾酒,他马上就把毛巾扎在头上,扎着马步,晃着肩膀,嘴里哼着笛子和大鼓的调子。他一旦跳起来,就会得意忘形地跳个不停。哪怕旁边并无三味线的伴奏或者歌者的伴唱。

然而,有两次他因为饮酒过度,像中风那样倒在地上就昏迷不醒了:第一次是在镇上的澡堂里,平吉正用水冲洗身子,却跌倒在水泥台上。当时只是摔了一下腰,不到十分钟就清醒过来了。第二次是在自己家的仓库里摔倒的,请了大夫,足足花了半个钟头才好不容易恢复了意识。大夫每次都禁止他再喝酒,但他只是刚开始的时候听医生的话,掉头就当作耳旁风。总是说"先喝一盅",之后喝得越来越多,不到半个月就恢复成原来的样子。他自己却满不在乎,说着:"不喝酒好像反而对身体不好呢。"完全是一副若无其事的样子。

但是,平吉喝酒并不仅仅是像他本人所说的那样,是出于生理上的需要。从心理上来说他也非喝不可。

因为一喝酒,他的胆子就壮了起来,不知怎么就总觉得对谁也不用客气了。想跳就跳,想睡就睡,谁都不会责怪他。于平吉来说,这是一种十分重要的感觉。至于为什么会有这种感觉,他自己也不明白。

平吉只知道自己一喝醉,就完全变了个人。当他胡乱跳了一阵舞,酒醒之后,人家对他说:"昨天晚上您跳得挺开心的嘛。"他就会感到十分难为情,总是胡诌一通:"我一喝醉就出洋相,也不记得昨晚上干了什么蠢事,今天早上只觉得像是做了一场梦似的。"其实,无论是跳舞还是睡着了的事,他都记得清清楚楚。把那个记忆中的自己和今天的自己相比较,简直判若两人。那么究竟哪一个是真正的平吉呢?连他自己也搞不明白。喝醉只是一时的,平吉大多时候都是清醒的。这么说来,清醒时的平吉才是真正的平吉。奇怪的是,想让他说出这个答案,简直难上加难。因为他清醒后觉得那些糊涂事儿大多都是喝醉时做的。乱舞一通还算好的呢,甚至赌博、嫖娼,或许他还会干些都没法在这儿写出来的事儿。他觉得自己干出那样的事儿简直就是抽风了。

雅努斯神①有两个脑袋,谁也不知道哪个是真的,平吉也是这样。

总之,日常生活中的平吉和喝醉的平吉判若两人。大概很少有人比平日里的他更会撒谎,平吉自己有时也这么想,尽管他并不是因为计较得失才说谎的。他几乎意识不到自己在撒谎。不过,说出口后,才会发觉自己在说谎。但在说的那会儿,完全考虑不到后果。

连平吉自己也不明白他好端端地为什么要说谎。但只要跟人说着话,谎言就会自然而然地脱口而出。他对此也并不感到苦恼,也不觉得自己干了什么坏事。因此,平吉每天都满不在乎地撒谎。

据平吉说,他十一岁那年到南传马町的一家纸店当佣工。那位掌柜的是法华宗②的狂热信徒,一日三餐前不念"南无妙法莲华经"不动筷。话说,在平吉刚试工两个月左右时,店里的女掌柜一时冲动,不顾一切地和店里的年轻伙计私奔了。那位老爷本来是为了祈求阖家安宁才皈依法华宗的,这下子他大概觉得法

---

① 雅努斯神是古罗马神话里的双面神,掌管日出和日落。
② 日本镰仓时代的僧人日莲(1222—1282)所创立。

华宗一点也不灵,就让门徒改换信仰了,把帝释天①的画轴扔到河里啦,把七面神②的画像放在灶火里烧掉啦,听说闹得沸沸扬扬。

自那以后平吉在店里干到二十岁。他时常瞒报账目,还总去寻花问柳。那时,有个相好的女人要求他一起殉情,结果他找个借口开溜了。事后一打听才知道,那女人仅过了三天就跟首饰店的匠人一道殉情死了。说是跟她相好的男人抛弃了她,找了其他女人,她一时赌气,非要随便找个男人一起寻死。

后来在二十岁的时候,因父亲离世,他就从纸店请假回了老家。半个月以后的某一天,从他父亲那一代就雇用的老掌柜,说是想请少爷帮忙写一封信。这个年过半百,为人憨厚老实的掌柜,因为当时右手指受了伤,所以没法儿动笔写信。他要求写的是"万事顺利,即将前往",平吉就照他说的写了。一看收信人是个女的,平吉就跟他开玩笑道:"你真是真人不露相啊。"掌柜回答说:"这是老夫的家姐。"只过

---

① 佛法的守护神。
② 日莲宗的守护神七面大菩萨。

了三天，掌柜的说是要到老主顾家去打声招呼，就出门了。自此以后一直没有回来。一查账簿，才发现账上有一大笔坏账。那封信果然是给相好的女人写的。代其写信的平吉活脱脱像个大傻瓜……

这一切都是胡诌的谎言。平吉的一生（人们所了解的）若是除去这些谎话，想必是空空如也吧。

平吉在町内的赏花船里，向伴奏的伙伴借来这火男面具，登上船舷，像往日一样借着酒意跳起舞来。

接着，便如之前所写的那样，他跳着跳着便摔滚到船里死了。船里的伙伴们都大吃一惊。当然最受惊的莫过于被他砸到脑壳的清元师父。平吉的身子顺着师父的脑袋滚到船舱里那块摆着寿司和煮鸡蛋的红毯子上。町里的管事以为平吉又在胡闹，略带愠怒道："别瞎搞了，受伤了可怎么办？"然而平吉仍是一动不动。

于是，管事旁边的剃头师傅觉得很奇怪，便用手推了一下平吉的肩膀，试着喊道："老板，老板……喂……老板……老板……"可他还是默不作声。摸一摸手指尖，发现已经凉透了。师傅和管事两人一道将平吉扶了起来。大家脸上泛着不安的神情，将手伸向平吉。"老板，老板……喂……老板……老板……"剃头师傅紧张得声音都变得尖锐起来。

就在此时，面具底下，一阵低微的呻吟，甚至分不清是呼吸声还是说话声，传进了师傅的耳朵里："把面……面具摘了……面具……"管事和师傅颤抖着双手，替平吉摘掉了手巾和面具。

然而面具下面的脸，已经不再是平吉的脸了。小小的鼻梁塌了下去，嘴唇也变得毫无血色，苍白的额头上直冒油汗。乍一看，谁也认不出这就是那个和蔼可亲、诙谐幽默、能说会道的平吉。唯一没变的是刚才拿掉的面具，它突兀地噘着嘴，呆愣愣地躺在船舱里的红毯子上，正静静地望着平吉的脸。

大正三年（1914）十二月

罗 生 门

某天日暮时分,一名家将在罗生门下避雨。

广阔的罗生门下,除他以外,别无旁者。唯那朱漆斑驳的圆柱上,趴着一只蟋蟀。罗生门地处朱雀大街,本应再有两三头戴市女笠或软乌帽的男女行人在此避雨,现如今却只得他一人。

究其缘故，应是这数年来地震、台风、大火、饥荒等灾祸频发，京都已是格外荒凉破败。依照当时记载，有甚者打碎佛像佛具，将贴有金银箔片的朱漆木头堆于路边作柴薪叫卖。京城尚且如此，罗生门自然更是无人顾得上修理。于是便有狐狸和强盗趁机盘踞在此，以致最终衍生出这般习惯来：将无人认领的尸体丢弃于此，任其暴尸门内。故而一到日暮西沉，便显得阴森可怖，谁也不向罗生门附近涉足流连。

倒是有许多乌鸦，不知从何处飞来聚集于此。白天，它们成群地围着高高的鸱吻盘旋啼鸣，尤其是到了落日熔金时分，便真的好似在天空中撒下了一把黑芝麻，清晰可见。自不用说，它们是来这里啄食死尸的。或许今日由于时辰已晚，丝毫不见乌鸦踪迹。不过，在崩裂长草的石阶上，可以看见星星点点的白色鸟粪。家将穿着洗得褪色的藏青袄，坐在七级石阶的最高一层，一边苦恼着右颊上生出的一颗大痘疮，一边心不在焉地眺望着雨势。

前面说过"家将在此避雨"，可是雨停之后，他也不知该何去何从。按往常，他该回主人家去的，但主人早在前些日子就把他给辞退了。正如前边所提,彼时京都市町一带正逢格外凋敝衰颓之际,而家将被自己侍奉多年的主人驱逐出门,也不外乎是这衰颓之下的一点小小余波罢了。故而与其说是"家将在此避雨",不若说是"为雨所困之家将,没有栖身之处,日暮途穷"要更为确切一些。且,今日的天气亦波及这位平安时代家将的感伤情绪。自申时末刻下起的雨,此刻依旧没有要停的迹象。于是,家将一边绞尽脑汁想着明日该去何处讨生活——可以说是从穷途末路的境况中求办法,一边心不在焉地听着朱雀大路上的雨声。

雨从远处哗哗袭来,将罗生门包裹在其中。黄昏夜色渐次压低,抬头看去,门顶上斜斜飞出的屋脊檐角,正顶着一朵沉重黯淡的乌云。

在穷途末路中求出路,便只有不择手段。若是"择手段",就只能饿死在夯土墙下、道边路旁,然后像狗一样被人遗弃在这罗生门下。倘若不择手段——家将反反复复思量许久,最终还是到了这一步。不过这"倘若"说到底也只是个"倘若"。家将一面肯定了不择手段的办法,一面又加上个"倘若",对今后"只能去做强盗"一途,自然提不起积极肯定的勇气了。

家将打了个大大的喷嚏,而后很吃力似的起身站了起来。夜晚的京都已冷得需要生火了,风伴着夜色从门柱间肆无忌惮地呼呼吹过,停在朱漆圆柱上的那只蟋蟀也早已不知何处去了。

家将穿着金黄汗衫藏青袄子,缩着脖子,耸起肩头,探头探脑地向罗生门四周张望。他想着先不计较场所,能有个可以躲避风雨又无需惧怕他人眼目的地方,安安稳稳睡上一觉挨到天亮,就很好了。正巧,一架通往门楼、亦漆有朱漆的宽大梯子映入他的眼帘。楼上即便有人,也不过是些死尸罢了。思忖至此,他边留意不让腰间所挎的原木长刀脱鞘,边抬起穿着草履的脚踏上梯子的最下一阶。

少顷,通往罗生门楼上那宽大梯子的中段,有一男性猫腰屏息,窥视着上头的情状。楼上渗出的火光,微微照见这人的右脸,他短短的胡茬中生着一颗红肿的痘疮。起初,他想当然地以为上面不过尽是些死人,但爬上两三阶后才发现竟有人在点火照明,那火似乎还来来去去地移动着。火光昏黄,摇曳地映照着满是蛛网的棚顶。因这,家将立马就明白过来,在如此雨夜,如此罗生门上,点火照明的绝非寻常之辈。

家将有如壁虎般压着脚步声,好不容易从陡峭的梯子爬到了最高一阶。他竭力俯下身子,伸长脖颈,战战兢兢地向楼内窥去。

这一瞧,果然如传闻中一般,他看到楼内胡乱丢弃着几具尸骸。但火光的范围略小,看不出究竟有几具。只是朦朦胧胧中,倒是可以看出尸骸里既有穿衣的,也有赤裸的,男男女女混杂在一起。这些尸骸都不像是曾经活过的人,反倒如同土捏的人偶,张着嘴,伸着手,横七竖八地躺在地板上。肩膀、胸口等略高的地方映着隐约的火光,而凹陷下去的部分则愈发黑暗,如哑巴似的永远沉默着。

一股尸骸散发出的腐臭气息扑面而来,家将不由掩住鼻子。可是下个瞬间,他就忘了手头的动作,一种强烈的情感几乎将其嗅觉完全夺去。

突然间,家将发现尸骸堆中蹲着一个人,是个穿着红褐色衣服、瘦瘦小小如猴子一般的白发老妪。老妪右手举着点燃的松木片，正在窥视一具尸骸的面容。从那长长的头发来看，约莫是具女尸。

在六分恐惧四分好奇心的驱使下，家将竟然一时连呼吸也忘了。借旧记中所言，他浑身感到一阵"毛骨悚然"。这老妪将松木片插在地板间，两手捧住方才端详的死者头颅，像是老猴给小猴抓虱子一样，开始一根根地拔起它的长发。那头发，仿佛是随着她的动作纷纷脱落下来了一般。

随着头发根根掉落，家将心中的恐惧也渐次消散。与此同时，对这老妪的强烈憎恶也一点点被激发了出来。不，说是对这老妪可能不太准确，应该说，对世间一切罪恶的反感在他心中越来越剧烈。此刻，要是有人再向家将抛出他刚刚在门下思索的是饿死还是做强盗这一问题，这个男人估计会毫不犹豫地选择饿死吧。他一颗嫉恶如仇的心，就好似是老妪插在地板上的松木片，熊熊地燃烧着。

家将自然不知老妪为何要去拔死人头发，因此从情理上而言，他也无法判断这举动是恶是善。不过，对于家将而言，在这雨夜，在这罗生门上，单是拔死人头发这点就已是不可饶恕的罪恶了。当然,他早已忘了自己方才还在盘算着当强盗的事儿。

于是,家将两腿一蹬,猛地跳上门楼,手抵着腰间原木长刀,向老妪大步走来。见此情状,老妪自不用说大吃一惊。

她一见到家将,便如遭弓弩弹射般顿时跳了起来。

"你,哪里逃!"

老妪在尸骸堆中跌跌撞撞、慌忙意欲逃窜,家将拦住她的去路,大声喝道。老妪仍想着逃,试图推开家将。家将哪里肯,一把又将她按了回去。两人便在尸骸堆中扭打起来。可这胜负是早已注定了的。家将终于擒住老妪手腕,强行将其拧倒在地。那手腕犹如鸡爪一般瘦骨嶙峋:

"你在做甚!速速招来,不招的话,就宰了你!"

家将推开老妪,唰地拔出长刀,雪白的利刃直逼眼前。可这老妪默不作声,两手发颤,双肩耸动,气喘吁吁,瞠目决眦,如聋似哑。见此,家将便知老妪的生死已完全掌握在自己手中,这使他熊熊燃烧的憎恶之心渐渐冷却,只剩下圆满完成某事时那种安然的

得意和满足。于是,他俯视着老妪,略略柔声道:

"我不是捕快,只是个赶巧经过门下的路人,自是不会拿你去见官的。你只须告诉我,你此刻在这门上做什么。"

老妪愈发瞪大双眼,直直地盯着家将。那锐利的目光如同眼眶赤红的猛禽。她仿佛是在嚼食一般,翕动起因皱纹与鼻子挤作一处的嘴唇,扯着细瘦脖颈上尖尖的喉头,喘息着发出乌鸦似的嗓音,传入家将的耳中:

"俺拔这头发、拔这头发,是想拿去做假发的。"

老妪的回答竟如此寻常,家将感到一阵失望。失望的同时,此前他的憎恶,裹挟冰冷的轻蔑,再度涌上心头。老妪约莫亦对其神色有所察觉,只手捏着刚刚从尸骸头上拔下的长发,蛤蟆般地咕咕叽叽嘟囔道:

"确实,拔死人头发,可能多多少少有些不该。但这儿的死人,生前可都不是什么善茬。俺现在拔的这个女人啊,生前干的是把蛇切段当作鱼干卖给兵营的活计。要不是得瘟疫死了,没准如今还在卖呢。她还说呀,她卖的鱼干味道鲜美得很,是兵营里少不得的佐菜。俺倒觉得她这也算不上作恶，实在是没法子，不干就得饿死。这么一看，俺这做的也算不上什么恶事，不做就饿死，俺也没法子不是？这女人也清楚，大概是不会为难俺的。"

老妪大致如此说道。

家将收刀入鞘，左手按住刀柄冷冷地听着，右手则自然而然地摸向脸上那颗红肿的痘疮。不过，他听着听着，心中便生出一团勇气来。这是他方才在门下缺乏的勇气，与刚刚跳上门楼擒拿老妪的那股勇气截然相反。他不再烦恼于究竟是该饿死还是去做强盗。或者说，这男人此时早已将饿死之事抛诸脑后了。

"确是如此。"

老妪话音刚落，家将便嘲弄似的讥诮出声。他一脚跨上前，猛地将右手从那颗痘疮上拿下，揪住老妪的领子，龇牙咧嘴地狠声道：

"那我剥掉你的衣服，你也不会恨我吧。不这么干，我也得饿死啊。"

家将一把剥去其衣，将这欲抱腿缠人的老妪狠狠踹倒在尸骸堆上，只跨了五步便行至楼梯口。他腋间夹着夺来的红褐衣物,匆匆溜下楼梯,消失于夜色之中。

未几,那仿佛死人一般瘫倒在地的老妪,赤身裸体地从尸骸堆中起身,借着尚未熄灭的火光,哎哎呦呦呻吟着爬到楼梯口。她朝下窥探,短短的白发倒散着。门外,只有一片沉沉黑夜。

无人知晓家将的去向。

大正四年(1915)九月

鼻

提起禅智内供①的鼻子，在池尾无人不知。那鼻子有五六寸长，从上唇上方一直拖到下巴底下，鼻根到鼻尖等宽。说起来，就好比一根细长的腊肠，晃晃悠悠地从脸的中间耷拉下来。

① 内供是指在皇宫的内道场供职的高僧。

内供已年过半百，从往日做小沙弥时起，至如今升作内道场供奉为止，他内心始终为这鼻子所苦。当然，表面上看，他至今都摆出一副不甚在意的模样。这倒不单是因为他认为鼻子的烦恼对一个应该专心追求来世净土的僧侣是不恰当的，更深层的原因在于他不愿意让别人知道自己很在意鼻子一事。因而，内供最怕的便是在日常谈话中出现"鼻子"这个词。

内供烦忧这鼻子的原因有两个：其一实际是因为鼻子长确实会不方便，甚至就连吃饭都不能独自一人完成。若是他独自进食，那鼻尖就会落在碗中的米饭上。因此，内供让他的弟子坐到桌子的另一侧，在吃饭时用宽一寸长两尺的木板抬起他的鼻子。然而如此进食对于举板子的弟子和被托鼻子的内供来说都绝非易事。有一回一名童僧代替他的弟子帮忙举板子，童僧打喷嚏时手一抖，内供的鼻子便掉进了米粥里，这档子事当时甚至在京都都传遍了。但这并不是内供对鼻子耿耿于怀的主要原因。事实上，内供是因这鼻子导致自尊心受损而苦恼的。

池尾的人都说，幸亏禅智内供出家了。不然长着这样的鼻子，哪有女人会愿意嫁给他？甚至有人议论说，禅智或许就是因为他的鼻子而出家的。然而，内供并不认为自己当上了僧人就可以减少些许鼻子所带来的困扰。他的自尊心会受到能否成家这样既定事实的影响，格外敏感。于是，不管是积极的也好，消极的也罢，内供试图恢复他受损的自尊心。

起初，内供考虑的是如何让长鼻子看起来比实际短一些。他趁四下无人的时候对着镜子，从各个角度照来照去，凝神端详。他往往觉得仅仅变换面部位置还不够，便时而用手托着脸颊，时而将手指放在下巴上，一个劲儿地照镜子。但是，迄今为止还从未有过一次鼻子看起来短到令他满意的程度。有时他甚至觉得，越费尽心思，鼻子反而显得越长。每当这种时候，内供就叹着气将镜子放入匣子里，不情愿地返回经台前，继续诵读观音经。

此外，内供还一直留意别人的鼻子。池尾寺里经常会有僧侣讲经说法。寺院内禅房鳞次栉比，澡堂每日都有僧人烧热水。因而此处出入的僧众络绎不绝。内供不厌其烦地端详这些人的脸。他想哪怕找到一个跟自己一样长着长鼻子的人，都可令他安心释怀。所以内供毫不关心谁穿藏青色绸衣抑或白麻单衣，至于橘色僧帽和暗褐色的僧袍更是看惯了，在他来说亦等于不存在。内供不看人，只看鼻子。可惜虽是找到了鹰钩鼻，却找不到一个跟自己鼻子长度相似的人。随着觅而不得的情况循环往复，内供的心又愈发不快起来。有时他一边和人说话，一边情不自禁地捏着垂在下边的鼻尖看，虽说上了年纪，但仍涨得满脸通红，这都拜他那惆怅的心绪所赐。

最后，内供甚至想过，若能在佛经和儒家典故中发现一个和自己长着一样鼻子的人，至少也能些许抚慰一下自己的心灵。然而，无论在哪卷经文中，都不曾提到目犍连[①]或舍利弗[②]的鼻子是长的。当然，龙树[③]和马鸣[④]也是长着普通鼻子的菩萨。内供在听震旦[⑤]的故事时，听说蜀汉的刘玄德耳朵很长。他想，如

[①] 目犍连为佛陀十大弟子之一，被推为神通第一。
[②] 舍利弗为佛陀十大弟子之一，以智慧第一著称。
[③] 龙树，著名的大乘佛教论师，在印度佛教史上被誉为"第二代释迦"，大约活跃于公元150年至250年之间。
[④] 马鸣，古印度佛教大师、诗人、剧作家，大约活跃于公元1—2世纪。
[⑤] 震旦，印度对中国的一种称呼，音译自梵文的Cina。

果那是鼻子的话，自己该多么安心啊。

内供在这样消极地苦心自慰的同时，又积极地尝试了缩短鼻子的各种方法，在此也就不一一赘述了。内供在这方面几乎尝试了所有可能。他曾煎服过土瓜汤，还试过把老鼠尿涂在鼻子上。然而无论他怎么做，鼻子仍然是五六寸长，晃晃悠悠地从嘴唇上方垂下来。

一年秋天，内供的弟子为他上京办事，从一位熟识的医者那里学到了缩短长鼻的方法。那位医者原是从震旦东渡而来，当时在长乐寺做供奉僧。

内供像往常一样，装作毫不在意鼻子的样子，故意不提要立刻试一试。同时，他又用随意的口吻说，每次吃饭都觉得麻烦徒弟，心里很过意不去。其实，他的内心正在等待他的弟子说服他尝试这种方法。至于弟子也并非不明白内供的心思。然而，考虑到内供采取这种计策的苦心，比起对此的反感，更多的是激起了这位弟子的同情。弟子就像内供所期望的那样，费尽口舌极力劝说他尝试这种方法。然后，内供自己也如预期那样，最后听从了这热心的劝说。

这方法说起来极为简单，只需用热水烫一下鼻子，再让人在鼻子上面踩踏即可。

寺里的澡堂每天都会烧开水,弟子便用提桶从澡堂打来了烫得伸不进手指的热水。然而,如果直接将鼻子伸入桶中,又担心脸会被热气灼伤。于是,他们在那木制托盘上开了一个洞,盖在提桶上,再将鼻子从洞里探进热水中。这样只有鼻子浸在热水里,就一点也不会觉得烫了。过了一会儿,弟子说道:"烫好了吧?"

内供露出了苦笑。因为他想,单听这句话,谁也不会想到是在说鼻子吧。他的鼻子被开水蒸得像被跳蚤咬了一样痒。

内供将他的鼻子从木制托盘的洞中拔出后,他的弟子就开始双脚用力踩他还冒着热气的鼻子。内供侧身躺着,把鼻子伸到地板上,眼睁睁地看着徒弟的脚上下翻飞。弟子不时露出歉意的神情,俯视着内供秃顶的头,说道:

"您痛不痛?医生说要用力踩。可是,还是很痛吧?"

内供想摇摇头表示不痛。可是鼻子被踩着,头也无法随意动。于是,他只好翻动上眼皮,盯着弟子脚上皲裂的地方，用好似恼怒般的声音说道：

"不痛。"

他回答道。实际上，鼻子犯痒的地方被踩到不但不疼，反而更舒服。

踩了一会儿，鼻子上开始冒出小米粒样的东西。说起来，现在鼻子的样子就像是拔了毛的烤全鸟。弟子见状停了脚，自言自语道：

"说是要用镊子拔掉这个。"内供不满地鼓起腮帮子，默不作声地任凭弟子处置。当然，他并不是不理解弟子的好意。即使知道这一点，但自己的鼻子被当作一件东西摆弄，还是让人心生不快。内供就像一位被不信任的医生做手术的病人，不情愿地看着他的弟子用镊子从鼻子的毛孔里取出脂肪。脂肪的形状像鸟的羽毛根，长达四分左右。

忙活了一阵后，弟子似乎松了一口气："再烫一次就好了。"他说。

内供依然眉头紧蹙、面有不满地听从了弟子的话。

把第二次烫好的鼻子拔出来一看，果然比以往任何时候都短了许多，和普通的鹰钩鼻没什么两样。内供边抚摸着他那变短的鼻子，边对着弟子拿出来的镜子，难为情地怯怯地端详。

鼻子——那曾经耷拉到下颌以下的鼻子，不可思议地变短了，现在只能在上唇以上意气全无地苟延残喘。那上面还留着些许红斑，大概都是踩过的痕迹。这样一来，再也不会被人嘲笑了吧。镜中的内供看着镜外的内供的脸，满意地眨了眨眼睛。

不过，那一整天，内供都在担心鼻子会不会又长起来。于是内供不管是念经还是吃饭时，一有空就伸出手轻轻地抚摸鼻尖。他的鼻子还是端端正正地待在嘴唇上方，并没有什么特别的下垂迹象。过了一夜，内供早早醒来，第一件事便是摸摸自己的鼻子。鼻子依然很短。内供感到了多年未有的畅快，就像抄写《法华经》积攒了功德一般。

可是过了两三天，内供发现了出乎意料的情况。有个武士到池尾寺办事，脸上却露出了一副比以往更觉得好笑的神色，连话都不能正经说完，只是死死地盯着内供的鼻子。不仅如此，那曾经将内供的鼻子掉进粥里的童僧，在讲经堂外与内供擦身而过时，起先还低头憋着笑，后来大概是终于忍不住了，扑哧一声笑了出来。内供有事吩咐底下僧徒时，他们当面还毕恭毕敬地听着，但只要一转过身，马上就会咯咯地笑起来，这样的事已不止一两回了。

内供起初说服自己这是因为他的脸变了，但仅凭这个解释似乎无法充分说明这些情况。当然，那童僧和底下僧徒发笑的原因必定就在于此。不过，同样是发笑，和以前鼻子很长的时候相比，如今总觉得哪儿不一样了。如果说还未见惯的短鼻子比见惯了的长鼻子更滑稽可笑，倒也就算了。但是，那似乎还有别的原因。

以前他们还不会如此放肆地笑话我呐。

内供诵经的时候，经常停下来，歪着光秃秃的脑袋小声嘟囔。每当这时，可爱可怜的内供便会呆呆地望着挂在旁边的普贤菩萨画像，回忆起四五天前鼻子还长的时候来，心情郁闷，颇有"可怜今朝落魄，空忆昔日繁华"之感。

人心常有两种互相矛盾的情感。人们理所当然地对他人的不幸生起恻隐之心，但如果那人设法摆脱了不幸，便轮到自己感觉若有所失了。稍微夸张一点说，人们甚至会希望那人再次陷入同样的不幸当中。就这样，不知不觉中，虽然是消极的，也渐渐地对那个人产生了某种敌意。内供不知为何总觉得心里不舒服，正是因为他从池尾一带的僧人和世俗之人的态度中隐隐地感到了这种旁观者的利己主义。

内供的不快之情与日俱增。不论对谁，说不了两句便开始恶狠狠地训斥。最终，连帮他治疗鼻子的弟子也在暗地里说："内供会受到法悭[①]的报应的。"有个淘气的童僧尤为惹他生气。一天，内供听到尖锐的犬吠声，不经意来到外面一看，那童僧正抡着一块二尺长的木板追赶一条瘦弱的长毛狮子狗。单单是追得那条狗到处乱窜也就罢了，他还边追边喊"小心被我打到鼻子，喂，可别被我打到鼻子"。内供从他手中抢下木板，狠狠打了他的脸。原来这木板正是之前用来托住内供鼻子的那一块。

---

① 《法蕴足论》八卷八页云："于自所有如上诸法，不授与他，亦不为说。不施、不遍施、不随遍施，不舍、不遍舍、不随遍舍，心悋惜性，是名法悭。"法悭即指吝于教法而不愿施舍。

贸然把鼻子变短一事，反而使得内供恼恨起来。

一天晚上，天黑后风骤起，塔上的风铃声传到枕畔，颇为吵闹。再加上夜晚寒气逼人，上了年纪的内供辗转反侧，夜不能寐。正当他躺在床上眍着眼睛难以入眠的时候，突然发现鼻子痒得异乎寻常，用手一摸，好像被水汽蒸肿了似的，而且只有那个部位，似乎还在发烫。

"也许是因为我勉强把它弄短，才出毛病的吧。"内供以在佛前烧香供花时一般恭敬的姿势按着鼻子喃喃自语。

翌日清晨，内供像往常一样早早醒来，发现寺内的银杏树和七叶树在一夜之间掉了许多叶子，院子里就像铺满了黄金一样明亮。或许是塔顶结了霜的缘故吧，九轮①在熹微的晨光中熠熠生辉。禅智内供站在推开的格子窗旁，深深地吸了一口气。

就在此时，一种几乎要遗忘的感觉再次袭向内供。

内供慌忙伸手去摸鼻子。摸到的不再是昨晚那个短

---

① 佛塔顶部露天的柱子上套着的九个装饰圈即为九轮。

短的鼻子，而是从前的长鼻子，从上唇上方一直垂到下巴以下，足有五六寸长。内供明白自己的鼻子在一夜之间又恢复了原来的长度。与此同时，他感到那种与鼻子变短时一样的豁然开朗的心情不知从哪儿又回来了。

这样一来，再也没有人会嘲笑我了。内供在心里喃喃自语。长长的鼻子在拂晓的秋风中晃晃悠悠。

大正五年（1916）一月

孤 独 地 狱

这是我从母亲那儿听来的故事。母亲则说是从我叔祖父那儿听来的。故事的真伪已然难辨,只是从叔祖父素来的操行来看,这个故事极有可能是真事。

叔祖父便是人们常说的通晓世情之人,在幕府末期[①]的艺人和文人间知己众多,诸如河竹默阿弥[②]、

---

① 幕府末期,指江户幕府执掌政权的江户时代末期。
② 河竹默阿弥(1816—1893),日本明治初期著名歌舞伎剧本作家。

柳下亭种员[1]、善哉庵永机[2]、同冬映[3]、九代目团十郎[4]、宇治紫文[5]、都千中[6]、乾坤坊良斋[7]等等。其中默阿弥在《江户樱清水清玄》[8]中塑造的纪伊国屋文左卫门[9]这一人物便是以叔祖父为蓝本。距离叔祖父离世大概已经过了五十年，生前一段时间他曾被人叫做"今纪文"，或许至今仍有人听过此名字：姓细木，名藤次郎，笔名则号"香以"，俗称山城河岸之津藤的男子。

津藤曾在吉原的玉屋[10]与一位僧侣相识。据说为本乡一带的某个寺院住持，名唤禅超。说到底此人也是一名嫖客，与玉屋里一个叫做锦木的花魁过从甚密。当然，那时僧侣是禁止食肉和娶妻的，所以表面看来，

---

[1] 柳下亭种员（1807—1858），日本江户时期通俗小说作家。
[2] 善哉庵永机，俳句诗人。
[3] 同冬映，幕府末期俳句诗人。
[4] 九代目团十郎（1838—1903），即市川团十郎，活跃于日本明治时代的歌舞伎演员。
[5] 宇治紫文，日本净琉璃演员。
[6] 都千中，日本净琉璃演员。
[7] 乾坤坊良斋，日本幕府末期落语家、讲谈师。
[8] 《江户樱清水清玄》，取材自讲谈的歌舞伎脚本。
[9] 纪伊国屋文佐卫门，日本江户时代元禄时期商人。
[10] 玉屋，江户时代的妓院，主人为玉屋山三郎。

他的装扮不像出家人。身着黄八丈①的和服，外披黑羽二重纹付外套②，逢人便自称是医师。叔祖父也是偶然与其相识。

说来实属偶然，一个华灯初上的夜晚，在玉屋二楼，津藤如厕归来若无其事地经过走廊，却见一男子身倚栏杆，暗自赏月。那男子和尚头，身量较矮，极为瘦削。在月华之下，津藤错以为那人是经常出入此处的蹩脚医师竹内。经过那人跟前的时候伸出手轻轻扯住他的耳朵，等着他吃惊回头之时嘲弄一番。

然而当那人一回头，反倒是津藤吃了一惊。除却光头以外，竟无一处与竹内相似。那人额头极宽，眉间距却甚为狭窄。大约是瘦的缘故吧，眼睛显得很大。左颊有一颗大大的黑痣，夜色之下也极为分明。此外，就是高颧骨。这样一张脸孔逐渐映入津藤惶恐不安的眼中。

"请问有何贵干？"和尚头的男子似有怒意地问道，话语之间似有几分酒气。方才忘记提及，那时津

---

① 黄八丈，黄色的华丽织物。
② 黑羽二重纹付外套，带有家徽的黑色和服。

藤身边的艺伎，还跟着个助兴艺人。眼见和尚头要津藤道歉，他自然不能坐视不理，当场便替津藤向那人赔了不是。然后津藤便携艺伎匆匆回到自己的房间。即便通达人情世故，津藤也颇觉得局促别扭。光头仔细向艺伎打听了事情缘由后随即平息了怒气，大笑起来。自不必说那光头便是禅超。

之后，津藤便遣人搬来吃食意欲向对方赔罪。禅超也觉得过意不去，特地过来赔礼。一来二去两人便结下了交情。虽说结下了交情，除却在玉屋的二楼相遇以外，似乎并无其他往来。津藤滴酒不沾，禅超却是海量。此外，禅超更极尽奢侈。在沉溺女色方面，也是禅超更胜一筹。津藤也曾评说，竟搞不清楚到底谁是出家人！大块头、身材臃肿、相貌丑陋的津藤平素总是梳着"五分月代"①，佩戴着一个银锁的护符，身着藏青棉布和服，系着一根素色腰带。

一日，津藤遇到禅超。禅超身着锦木的女士礼服在弹三味线。虽说禅超平素的气色就不好，但那日尤

---

① 五分月代，额头头发剃成5分长度左右半月形的男子发型。

为面无血色，眼睛充血，耷拉着的皮肤在嘴角边不时痉挛。津藤见此便立即思忖禅超是否有忧心之事。"如不嫌弃，愿闻其详。"津藤虽用这样的口吻试探了一下，禅超好像却并无可剖白之事，只是变得比平日话更少，一不小心便失了话题。津藤以为这是嫖客惯常的倦怠。纵情酒色之人显现的倦怠自然没法靠酒色治好。在此光景下，两人竟意外地沉得下心来谈话。此时，禅超却突然像想起什么似的，说了这么一桩事：

佛说，地狱是各式各样的，大致可以分为根本地狱、近边地狱、孤独地狱三种。从"南瞻部洲下过五百踰缮那乃有地狱[①]"这一句看来，古来便有地狱，其中唯孤独地狱可从"山间旷野树下空中"的任何之地显现出来。换言之，现在所处的境界，立刻就可以出现地狱的苦难。我自两三年前起，已然堕入此间地狱。我对一切事物皆无长久的兴趣，因而也只是从一境界转换到另一境界般活着。即便如此，也无法逃离地狱。如若不改变这样的境界，则更觉痛苦。于是乎，这样

---

① 此句意为，南瞻部洲下面五百踰缮那的地方就是"地狱"。

辗转终日，日复一日过着试图忘却痛苦的生活。然而，即使如此也仍觉痛苦的话，便只有死路一条。逝者苦痛，死亦使人厌恶，但事到如今……

末尾那句，津藤并未听得分明。因为禅超和着日本三味线的调子，声音压得很低。此后，禅超便不再踏足玉屋。无人知晓这个放荡不羁的禅僧后来如何。只是，那日禅超将一册《金刚经》的手抄本忘在了锦木处。后来，津藤落魄了。他在下总的寒川闲居之时，一直放在桌上的也是那册手抄本。津藤在那册的封面内侧题上了自己所作的"惊堇花露寒，不觉年四十"。只是那册书早已失去了踪影，似乎也无人记得这一句。

那是安政四年①的事，估摸着是母亲对于"地狱"一词颇有兴趣，便记住了这桩事。

对于将一日的大半时间都消磨在书斋中的我而言，在生活上，与叔祖父和这位禅僧并非同道中人。从兴趣上，自己对德川时代的戏作和浮世绘也毫无兴趣。

---
① 安政四年，即1857年。

然而自己内心的某处却借助"孤独地狱"此类说辞，对其中人物的生活倾注些许同情。对此我并不想加以否认，为何？因为某种意义上，我也是苦于孤独地狱的人。

大正五年（1916）二月

父　亲

那是我中学四年级时的事儿了。

那年秋天，学校组织了一次从日光到足尾为期四天三夜的修学旅行。学校发给我们的誊写版印刷材料上写着："早上六点半在上野停车场前集合，六点五十出发……"

活动当日，我连早餐都没吃便匆匆出门。即便知道乘坐电车只需不到二十分钟就能到停车场，还是难免心急火燎。站在车站的红柱子前等待电车之际，依旧心神不宁。

不巧，天空阴云密布。空气中蒸腾的深灰色水雾，被四周工厂里传来的汽笛声惊动，使人不禁猜想，它们是否会变成蒙蒙烟雨飘落下来。沉闷的天空下，火车从高架铁路上经过，运货马车朝着被服厂①驶去，街边的商铺接连开门，我所在之处也已站着两三人。众人的脸上透出困倦不已的神情，正愁眉苦脸地醒着神。寒风刺骨。正在这时，电车来了。

穿过骈肩累迹的人群，我终于攥住了拉手，肩膀却不知被谁从背后拍了一拍。匆忙转身，只听一声"早啊"。

定睛一看，原来是能势五十雄。他同我一样，身着藏青制服，大衣卷起挂于左肩，麻布绑腿，腰间挂着便当包和水壶之类。

---

① 被服厂，过去为日本陆军部队制作军服的地方。

能势是我的小学同学，我们又上了同一所初中。他虽无擅长的学科，但也并没有感到特别棘手的科目。不过他在某些小事上天赋异禀，比如流行歌曲，只要听一遍便能记住曲调。所以，修学旅行的晚上，他大概会在旅店小露一手。吟诗[①]、萨摩琵琶[②]、落语[③]、讲谈[④]、模仿[⑤]、魔术，什么都会。此外，他有着独特的肢体语言和面部表情，举手投足之间使人忍俊不禁。因此，他在班里的人缘很好，老师们对他的评价也都不错。不过，我与他虽有往来，却不甚亲密。

"你来得好早啊。"

"我一向起得早。"能势说着，鼻翼翕动。

"可之前你还迟到了。"

"之前？"

---

① 吟诗，指吟诵汉诗。
② 萨摩琵琶，指室町末期兴起于萨摩的琵琶，或指用其伴奏的说唱音乐。
③ 落语，指日本的单口相声。
④ 讲谈，日本的曲艺之一，以抑扬顿挫的声调讲述战争故事、侠客传等。
⑤ 模仿，日本的曲艺之一，专指模仿某一当红演员说台词的声音和腔调。

"上国语课的时候。"

"啊,你是说被马场骂的那次吧。那是智者千虑,必有一失。"能势对老师向来都是直呼其名。

"我也被那个老师骂过。"

"因为迟到?"

"不是,书忘带了。"

"仁丹也太严了!""仁丹"是能势给马场老师起的绰号。

聊着聊着,电车便到站了。

和上车时一样,我们好不容易才从拥挤不堪的人群中挤下了电车,走进停车场。因为时间还早,只到了两三个同学。相互道过早安后,大家便争先恐后地在候车室的木凳上坐下,然后像往常一样滔滔不绝。相较于"我",这些年纪相仿的学生却更喜欢说"老子"。自称"老子"的他们口如悬河地说着诸如对此次旅行的期望、对同学们的品头论足、对教师们的坏话等:

"泉可真贼啊,那小子有教师专用的英语书,所以从不需要预习。"

"平野更贼！听说那小子考试的时候，把历史的年代都写在指甲上作弊呢。"

"说起来，是因为就连老师都很贼吧。"

"都贼得很。本间那家伙就连 receive 的 i 和 e 哪个在前哪个在后都不知道呢，不还是在用教师用书敷衍了事地教书吗？"

说来说去，不管对谁都说他贼，总之就没一句好话。然后，能势开始对他邻座那个正在看报纸、工匠模样的男人评头论足起来，说他的鞋子是破金莱。因为当时正流行一种名叫麦金莱的新款皮鞋，可这个人的皮鞋不仅暗哑无光，鞋尖还开了个大口。

"破金莱太对了！"说罢，众人一时捧腹大笑。

于是大家都自鸣得意起来，开始从进出候车室的各式人物中物色新的嘲讽目标，口中说着些只有东京中学生才说得出的那些狂妄粗鄙之言。他们可不是什么乖学生，到了这节骨眼，绝无一人甘于落后。其中要数能势最为尖酸刻薄，也最为诙谐可笑：

"能势，能势，快看那个老板娘。"

"瞧她那样子，活像只肚子鼓起来的河豚。"

"喂，能势，你看那边的搬运工像什么？"

"那家伙啊，像是查理五世①！"

最后，倒像是成了能势一个人的讥讽专场。

正在此时，有人发现了一个奇怪的男人，他正站在火车时刻表前查看具体时间。那个男人身着一件紫檀色西装，腿细得像是体操器具里的球竿②一样，套着条灰色的粗条纹裤子，头戴一顶黑色的老式宽檐礼帽，露出花白的头发，看起来已经上了年纪；可他脖子上却系了条华丽的黑白格纹领巾，腋下还夹着根像鞭子一样的紫竹手杖。无论是穿着打扮，还是气度风采，他好似从画报的插图上剪下来的人物般，被放置于停车场这汹涌的人潮之中。那同学因为发现了新的笑料笑得前仰后合，连肩膀都在耸动，还拉起能势的手说："喂，你看那个人呢。"

于是，大家都看向了那个奇怪的男人。只见他略

---

① 查理五世（1500—1558），坐拥广大领土，曾同时任多国国王，不仅是神圣罗马帝国哈布斯堡王朝皇帝、尼德兰君主，还是西班牙哈布斯堡王朝的首位国王。
② 球竿，日本明治时期开始普及的体操用具，长约 1.5 米，两端固定着小木球。

微挺胸，从背心口袋里掏出一块系着紫色编带的镍壳怀表，正仔细核对火车时刻表上标注的时间。看到那张侧脸的刹那，我立马意识到他是能势的父亲。

但大家并不知晓此事，所以都饶有兴致地盯着能势，想从他口中听到打趣这个滑稽人物的连珠妙语，甚至已经做好了发笑的准备。能势此时此刻的心境，我一个初四学生自然无法推断，差点儿就要脱口而出"那是能势的父亲"。

正在这时，能势开了口：

"那家伙？那家伙是伦敦的乞丐[①]。"

哄堂大笑的结果不言自明，竟还有人特意模仿起能势父亲挺胸掏出怀表的动作。我不敢抬头去看能势当时的表情，不由自主地低下头去。

"这形容真是恰到好处啊。"

"看啊，看啊，看他的帽子！"

"日影町二手店淘来的吧！"

"怕是连日影町里都没有吧！"

[①] 伦敦的乞丐，意指穿着优雅绅士的乞丐。

"那，就是博物馆的喽！"

说罢，又放声大笑起来。

阴天的车站此刻昏暗得仿佛日落时分。在那片混沌之中，我悄悄朝那个"伦敦乞丐"的方向望去。

不知不觉，晨光熹微，一道狭长的光线透过高高屋顶上的天窗，若隐若现地斜射下来，正照在能势父亲的身上……周身的一切都在运动。目光所及或未及之处，人头攒动。而后，这种运动变得悄无声息，庞大的建筑像是被薄雾笼罩一般，唯能势的父亲岿然不动。这个穿着与现代堪称绝缘的西服、和现代绝缘的老人，超脱于熙熙攘攘的人潮，后脑勺上扣着那顶礼帽，右掌托着系有紫色编带的怀表，像消防栓一样傲然屹立于时刻表前……

后来，我依稀听说，当时能势的父亲在学校药房任职，只因想在上班途中顺道看一眼儿子和同学们一起去修学旅行的模样，便瞒着儿子，特地赶到停车场来的。

能势五十雄初中毕业后不久，便因罹患肺结核而与世长辞。在中学图书馆中为他举办的追悼会上，宣读悼词的人,正是我。面对着头戴制服帽的能势遗像,我加上了这样一句话:"你,孝敬父母……"

大正五年(1916)三月

虱　子

一

元治元年[①]（1864）十一月二十六日，正逢幕府征

[①] 元治，日本年号，日本孝明天皇在位年号。

讨长州藩[①]，时任京都守护职的加州[②]藩阀一队人马便相机而动，由国家老[③]家臣之长大隅守护[④]为首领，掌舵从大阪安治川河口出发。

两位小头目分别是佃久太夫和山岸三十郎，佃久组船上悬白帜，山岸组船上悬红帜。载重五百石（日本的一石相当于中国的150公斤）的金毗罗船[⑤]上竖起

[①] 藩是日本江户时代幕藩体制对于将军家直属领地以外大名领国的非正式称呼，类似于今天美国的州，享有自治权。日本江户时代后期，在长州藩，尊王攘夷、公武合体的倒幕思想盛行，因此长州藩图谋于京都的政局进行干涉。1863年长州势力从京都被驱逐。当时代表中央政权的江户幕府是日本没落的封建制度的总代表，1864年，幕府对长州藩进行了征伐。

[②] 加州邻于长州藩邸。加贺，原意为高地上的草地，古加贺国属北陆道，又称加州，大约位置在现在的石川县南部。原为古越国之一部分，大化改新时分越国为越前国、越中国及越后国。

[③] 家老是日本江户时代幕府或藩中的职位。家老一般有数人，采取合议制管理幕府和领地的政治、经济和军事活动。在幕府或藩中地位很高，仅次于幕府将军和藩主。到了江户时代，由于参勤交替，管理各藩在江户的宅第的家老称为江户家老或江户诘家老。在自己领地内的家老称为国家老、在所家老。国家老比江户家老地位高。前者处理国务，后者负责外交（世袭）。一般来说，一个藩的权力结构从上到下是这样的：藩主、家老、重臣、藩士（萨摩、土佐还有乡士）。

[④] 大隅守，官职，即大隅守护之职。大隅国是日本古代的令制国之一，属西海道。其领域约为日本鹿儿岛县东南部及奄美群岛。一度由萨摩国分置的多称国天长元年（824）十月一日并入本国。

[⑤] 江户时代，为载运香客去四国参拜金毗罗宫而开通的船只称为"金毗罗船"，是航行专用船，往返于大阪和丸龟市、多度津之间。因金毗罗是保护航海之神，因而亦称"金毗罗朝圣船"。

的红白旗幡随风飘扬，顺着河口驶向大海，那场面该是多么英勇壮观啊！

不过，船上的这伙人却谈不上英勇。首先，每艘船载有三十四名主仆官兵、四名船夫，共三十八人。因而，船上的人挤得密匝匝的。其次，人堆中还塞满了几桶腌制的黄萝卜咸菜，让船上的人更无下脚之处。在习惯那股腥臭味之前，不论是谁一闻便立马作呕。再次，由于时值农历十一月下旬，严寒刺骨，海风凛冽，吹在人身上如刀割般疼，天黑后更甚，加之摩耶山[①]上刮来的山风前后夹攻，哪怕是出身于北方的年轻武士，也大多牙关咯咯响，冻得直打哆嗦。

除此之外，船上虱子还很多，还不是那种藏在衣缝里的普通虱子。它们爬满了整艘帆船，旗幡、桅杆和船锚，说得稍微夸张一点，这船到底是载人的，还是载虱子的，都分不清了。衣服上爬着的可不只是几十只虱子。一旦接触到人的皮肤，尝到甜头的它们便会兴奋不已，狠狠地咬起来。如果只有五只、十只的话，

---

① 摩耶山位于兵库县神户市滩区六甲山地中央，海拔702米。

解决起来自然不在话下。但正如方才所说，虱子的数量已经多到像船上撒了白芝麻一般密密麻麻，怎么也没法彻底清除，众人束手无策。观之，无论是佃组还是山岸组，船只上的武士被咬得体无完肤，不仅胸腹遭殃，全身上下都布满了红肿斑痕，跟麻疹一样。

不过，虽然无法彻底消除虱子，但也不能坐以待毙。于是，大家伙儿一闲下来，就开始捉虱子。上至家老，下至草履取①，尽褪去衣衫，寸丝不挂，遍寻虱子，然后一个接一个地捉进茶碗里。试想一下这样一个场景：濑户内海的冬日阳光倾泻在这艘悬挂巨帆的金毗罗船上，三十多个武士都只穿着一条大裤衩，捧着茶壶茶碗，于帆索绳下、船锚之后，心无旁骛地捉着虱子。此情此景，现今任谁看来第一观感都甚觉滑稽。但在明治维新前，有一点与当今社会是别无二致的：在形势所迫的"必要性"面前，万事皆非儿戏。赤身裸体的武士们满满当当蜷缩在这艘船上，这与船上俯拾皆是的虱子们又有何异呢？他们不畏严寒，日复一日，不厌其烦地寻来找去，

---

① 即马弁，指勤杂工，住在武士宅邸中但不是武士。在本国世袭居多，在江户藩邸临时雇佣的也多。

再一个个掐死木板缝隙里的虱子。

二

然而,在佃组的船上,有一个行事古怪的男人。名叫森权之进,年龄约莫五十岁,性格乖张,是位享有七十俵五人扶持的御徒士①。说来,这个人也真够怪的,他从不捉虱子。不捉,虱子自然就爬得满身都是,有的在他发髻根安居,有的在他裙裤腰上栖身。尽管如此,他也毫不在意。

那么难道是虱子不咬这个人吗?事实并非如此。他也和其他人一样,全身都受类似金钱斑的红肿困扰;而且,从他本人使劲挠痒痒的样子来看,也并非感受不到痒。不过,痒也好,不痒也罢,无论怎么个情况,他都不以为意,听之任之。

如果他只是放任不理自己身上的虱子倒也罢了,

---

① 七十俵五人扶持的御徒士,即享有七十草袋米、五人俸禄的徒步扈从,是随从将军出行时,在前面行走开道的下级武士。

可是看到外面的人在吭哧吭哧忙着捉虱子的时候，他也会凑到别人跟前说道：

"捉到虱子，先别弄死。把活的放到茶碗里，给我吧！"

就有一个人摸不着头脑了，难以置信地问道："你要这个干什么？"

"要来嘛，自然是养起来啊。"森泰然自若地回答。

"好吧，那捉活的送你啊。"

那人觉得这大抵不过是个玩笑话，就和另外两三个人花了半天时间，活捉到满满两三茶碗的虱子。他们就想看看热闹：把这几个茶碗放在森权之进的面前，对他说"给你，拿去养着吧！"到时候森再打算打肿脸充胖子，恐怕只会落得个哑口无言的下场。

刚放下茶碗，还没有等那人说话，森权之进就先开口了："真捉到啦，捉到了就给我吧！"

大伙儿无一不心头一惊。

"来，倒到这里边来吧！"森权之进满不在乎地把衣领敞开。

"你可别死要面子活受罪啊，待会儿可有你受的！"

同伴出言劝他，但是森权之进本人充耳不闻。大家便一个接一个拿着茶碗倒，就像米店用升子①量米，把海量的虱子一股脑儿倒进他领口里。然后，森权之进还把掉在外边的虱子一个不落地拾起来，一边自言自语地嘟囔着，一边高兴得乐呵呵笑着："谢谢啦！从今晚起，可算是能睡个热乎觉了。"

"把虱子放在身上，就能暖和吗？"大家听后张目结舌，个个面面相觑，异口同声道。

森权之进把虱子塞进衣领仔细地整理一番后，用蔑视的眼神，把这些人上下打量了一番，解释说："最近天冷得紧，大伙儿不是都冻感冒了吗？可你们瞧瞧我权之进怎么样了呢？不打喷嚏，不流鼻涕。别说这些了，我连什么发烧啊、手脚冰凉的情况都从未有过。你们知道这是沾了谁的光吗？大伙儿们，这可多亏了这些虱子啊！"

依森权之进说的来看，虱子一旦爬到身上，必然会狠狠地咬人。虱子咬哪儿就得去挠哪儿。它们无孔

---

① 一种民间称量或盛装粮食的木质器具，已经基本退出了人们日常生活，成为难得一见的民俗旧物。

不入，自然就得挠遍全身。人受生理本能驱使，一觉得痒痒就去挠，挠的地方自然就发热，身子也就暖和起来。全身一热乎，人就容易犯困。一入睡，便也不觉痒意。如此一来，身上的虱子越多，人就睡得越香，还不会感染上风寒。所以，无论怎样也都该好好养这些虱子，而不应该捉了弄死……

"哦，原来是这么回事啊！"那两三人听完这番阔论后，不禁大为钦佩。

三

打那以后，船里也有人学着森权之进，养起了虱子来。森权之进一得闲，便拿着茶碗到处捉虱子，这点倒是和其他人一样。其中唯有一点不同，就是他把捉到的虱子一个个都细致地倒进自己的怀里，当块宝似的认真加以喂养。

不过，无论身处哪个国家、什么时代，人们都很少能够接受这样的 Précurseur[①]（先驱者）的阔论。这艘船上完全不能接受甚至反对森的养虱论的 Pharisien（墨守成规者）也不在少数。

其中，为首的保守分子是一个叫井上典藏的御徒士，他把捉到的虱子统统吃掉，也算是奇特。晚饭过后，井上就把茶碗放到自己面前，津津有味地咕叽咕叽嚼着什么，走近一看，原来碗里都是捉来的虱子。有人问："这吃起来啥味道呀？"他回答道："那可美了啊！油滋滋的，像吃烤米[②]一样。"用嘴咬虱子的其实也大有人在，但井上却不太一样。他每天完全是把虱子当点心来吃的。正因如此，他第一个反对森的养虱论。

像井上那样吃虱子的人，固然找不到第二个了，倒是支持井上反对森的理论的人不在少数。这伙人认为，身上有虱子是决不能让身子热乎起来的。更何况，

[①] 19世纪中期，日本仍是在幕府统治下的封建国家。进入50年代后，美、俄、荷、英、法等列强打开了日本的国门，1863年5月5日法国非洲轻步兵第三营的250余名官兵已进驻横滨。列强驻军对日本的影响自然是很大的，译者认为芥川可能思及此，日语原文选择"Précurseur"和"Pharisien"的法语表达。

[②] 所谓烤米，就是将新米煎熟、捣碎、去壳后直接食用，若用热水或汤浸泡，制成粥状，口感会变得更好，也更易消化。

《孝经》①里还写道："身体发肤，受之父母，不敢毁伤，孝之始也。"自愿让虱子这类东西去叮咬身体的这种行径，不孝至甚。所以，无论怎么说，也都该捉虱子，而不该去养虱子什么的……

接着，事态发展到森派和井上派意见不一致就要发生争论的地步。要只是口角之争也就罢了，但两派矛盾逐渐升级，到后来出乎大家意料，还是由争吵最终演变升级到动刀动枪的局势了。

某天，森又想悉心饲养一批虱子，便从别人那儿讨要，装进碗里盛着，但井上趁其不备，在森不知情的情况下就把碗里的虱子吃了个精光。森回来一看，已经一个都不剩了。由于这种先驱理论很少被大家接受，船上恼火森的人也比比皆是。如此一来，这位先驱者也勃然大怒。

他双手交叉抱于胸前，拉下脸来，气势汹汹地向前逼问井上："你干吗吃别人的虱子？"

井上嗤之以鼻，似是懒得和他争辩："依我看，

---

① 《孝经》，以孝为中心，为历代儒客尊崇，比较集中地阐述了儒家的伦理思想。它肯定"孝"是上天所定的规范，指出孝是诸德之本。

养虱子这种事真的蠢透了。"

"吃虱子才蠢呢！"森反唇相讥，气得跳起来一边拍打船板一边叫嚷，"你说说，这船上谁没从虱子那儿得到过好处？你居然还要捉虱子吃，这和恩将仇报有什么两样！"

"我可从来不觉得自己受过虱子的什么好处。"

"好！就算是你没有得到好处吧，但你这么草率地就把一条生命给断送了，实在可恶至极！"

他俩你一言我一语，也争论不出个所以然，于是森眼神突变，气氛变得剑拔弩张了起来，他伸手抓住红漆腰刀的刀把。井上自然也不甘示弱，马上操起长腰刀，站起身来。其他人因为捉虱子，保持着一丝不挂的状态，却也向前慌忙制止住他俩，要不然说不定哪一方就会面临性命之危了。

据在场之人所述，那俩人打作一团被人拉开的时候，嘴里唾沫横飞，还在不停叫嚷着"虱子！虱子！"。

四

　　就这样，纵使船上的武士们都在为虱子一事争执不下，吵得不可开交，唯有这艘负载五百石的金毗罗船似乎完全不把这事放在心上。红、白旗幡于寒风中飘扬漫卷，云迷雾锁，冷风朔朔，寒空动烟雪，六出花飞处处飘，遥遥西向，拟征长州藩。

　　　　　　　　　　大正五年（1916）三月

酒　虫

凵　一　凵

　　这是近年未有的炎热。放眼望去，家家土房的屋顶砖瓦都如铅般反射着沉闷的日光，让人不由担心屋檐下的鸟巢，居住此内的雏鸟和未孵化的蛋会不会闷死。庄稼地里，稻子也好谷子也罢，都热得精疲力尽地耷拉着头，绿叶无一不被蒸干发蔫儿。抬眼望天，似乎也被这高温蒸透，虽是万里晴空，但靠近地面的空气却是浑浊而又沉闷。形似山峦的云峰，如同炒锅炒出来的白色碎年糕般一团团地浮在空中。《酒虫》这个故事，就发生在这样的大热天里特地来到打麦场的三个男人身上。

让人诧异的是，其中一个男人竟然赤身裸体，仰面朝天地躺在地上，更奇特的是，不知为何，他被细绳捆住了手脚，却丝毫没有痛苦的样子。这个男人身材短小，面色红润，肥胖笨重如猪。他头边放着一个大小适中的素烧瓶子，不知道里面装有什么。

另外一个人身穿黄色法衣，戴着青铜小耳圈，看上去是一位相貌古怪的僧人。他皮肤格外黝黑，发须卷曲，看起来像是来自中亚异域。从刚才开始，他一直不断地挥动红柄拂尘，为裸身男子赶走蚊蝇。似乎感觉有些疲累，他走到素烧瓶子旁边，像只火鸡一样故作姿态地蹲下来。

还有一人离他们甚远，站在打麦场角落的一个茅草屋外。他下巴上长着几根胡须，像老鼠尾巴一样，身着粗布长衫，长至脚跟，松松垮垮地系着茶褐色的带子。时不时地摇着白色羽扇，似乎是个读书人。

三人似乎达成默契，闷不做声，连多余的动作也没有，好像对即将发生的事情充满好奇，屏息凝神地等待着。

已至正午，似乎狗也在午睡吧，听不到一声犬吠。日光明晃晃地照在打麦场周边夏麻和苞谷的绿叶上，四下寂静无声。整个天空也因这热气而沉闷，连云彩也被闷到难以呼吸。所见之处，有气息的似乎只有这三个人。而此三人，宛如放在关帝庙中的泥塑一样，沉默不言……

当然，这不是发生在日本的故事。这是某个夏天，发生在中国长山县刘姓一家的打麦场的故事。

二

赤身躺在这毒日头下的是这家打麦场的主人，姓刘，名大成，是长山县当地屈指可数的大财主。此人嗜酒成性，从早到晚几乎不离酒杯，而且酒量超群，"每独酌辄尽一瓮"[1]。前文提到，刘家"负郭田三百亩，辄半种黍"[2]，因此即使嗜酒成性，也不担忧家产因其所累。

说到为何赤身裸体躺在烈日下，则有这样一段缘由！

一天，刘大成正和酒友孙先生（正是手持白扇的那位儒者）在通风的房间里，倚着竹席下棋。这时丫鬟过来禀报："一位自称来自宝幢寺的和尚求见，老爷意下如何？"

"什么？宝幢寺？"刘大成眨着放光的小眼睛，拖着难耐炎热的肥胖身躯站起，说道，"快，让他进来吧。"接着他瞄了孙先生一眼，说："应该是那个传说中的和尚吧。"

这位宝幢寺的和尚是一位来自西域的异域僧人。据说医术高明，又精通房中术，在当地颇具盛名。经

---

[1][2] 蒲松龄《聊斋志异·酒虫》。

他医治，张三的黑内障立见好转，李四的顽疾即刻痊愈，医术可谓神乎其技。这种传言，二人也有耳闻。但今天这个和尚究竟为什么特意跑来刘大成的住处呢？当然，刘氏也不记得曾邀请过他。

顺便一提，刘大成并不好客，但有客人在场，新客到访之时，大都会高兴相迎。因为抱有在客人面前显摆自己广结人缘的心态，满足自己孩子一样的虚荣心；况且这位和尚又享有盛誉，并不是什么会给自己丢脸的客人。大概如此，刘大成才同意接待这个和尚的吧。

"会是什么事儿呢？"

"大概是来化缘的吧。"

正当二人说着，丫鬟领着和尚进入屋内。和尚身材高挑，目如紫晶，长相怪异，身穿黄色法衣，卷曲的头发凌乱垂肩，手持红柄拂尘，伫立在屋子中间，缄默其口。

刘大成心中忐忑，渐渐不安起来。开口问道："何事来访？"

和尚缓缓开口说道："你，爱喝酒吧？"

"嗯……"刘氏感觉问题唐突，一边含糊其词，一边求助般望向孙先生。而孙先生却在一旁独自摆弄棋子，不打算回应。

"你得了一种怪病，知道吗？"和尚断言道。刘大成一听说自己有病，大为惊讶，一边摸着身后竹席，一边说："怪病？"

"是的。"

"不可能，我从小……"刘大成刚想解释，却被和尚打断。

"你喝多少酒都不会醉，是吧？"

"……"刘大成呆呆地看着对方的脸，无话辩解。确实，无论他怎么喝，从没醉过。

"这就是你得病的证据，"和尚轻轻一笑，继续说道，"你的腹中有酒虫。不除掉它，你的病就好不了。贫僧，就是为治你的病而来。"

"能治好吗？"刘大成没底气地问道，连自己都觉得羞愧。

"我来就是为了治好你。"

此时，一直默不作声的孙先生插言道：

"需要用什么药吗？"

"不,什么药都不用。"和尚面色冷淡地说。

孙先生一向对佛道二教颇为不屑,因此即便和道士僧侣同在一处,也几乎不理睬。这次他插嘴问话,完全是酒虫之说引起了他的兴趣。同样嗜酒的孙先生,听了和尚的话后,不禁担心起自己腹内是否也有酒虫。然而,听到和尚敷衍的回答,他感觉自己被轻视了,皱了皱眉头,又像刚才一样沉默不语地独自下棋了。如此一来,对于同意接待傲慢和尚的刘大成,孙先生的内心也不悦起来。

而刘大成却丝毫没有察觉:

"那么,需要针灸吗?"

"不,更简单。"

"那就是念咒治病?"

"也不是念咒。"

这样一问一答重复几次后,和尚简单地介绍起治疗方法——赤身裸体,一动不动地站在日头下,如此一来就能痊愈。刘大成觉得这真是相当简单的治疗方法了。如果仅此就能痊愈,真是再好不过。此外,接受和尚治疗这件事,也使刘大成动起了好奇之心。

终于，刘大成接受了和尚的建议，低头请求道："那么，请您为我治病吧。"于是发生了开篇刘大成赤身裸体躺在烈日下的那一幕。

为了不让刘大成的身体乱动，和尚用细绳将他全身捆绑起来。接着，又让仆人拿一个装满酒的素烧瓶子，放在刘大成头的旁边。在场的孙先生，作为刘大成的酒肉朋友，自然也一同见证这不可思议的治疗方式。

酒虫究竟是何物？如果从肚里去除了它，会变成怎样？放在一边的酒瓶是作何用处？知道答案的只有和尚一人。如此说来，一无所知就赤身躺在烈日下的刘大成，是多么愚蠢可笑。然而，普通人在学校接受教育这种行为，大概也就是如此吧。

三

好热。汗一股股涌向额前，积聚成珠，热滚滚地流向眼睛。然而双手被细绳捆绑，根本无法擦拭。本想着晃动脑袋，改变汗水流动的路线，然而晃了几下却感到强烈的眩晕感，最终也无计可施。于是，汗水肆无忌惮地打湿眼眶，从鼻子两侧流到嘴边，一直流到下巴。真是让人难受。

刚才还能睁着眼睛，望着焦灼泛白的天空，看着绿叶耷拉下来的庄稼，而如今汗流不止，连眼睛都睁不开。这时刘大成才第一次感受到汗水渗入眼睛时辣辣的滋味儿。此时的他，如同待宰的羔羊，老实地闭着双眼一动不动地晒在毒日头下。无论是脸还是身体，暴露出来的皮肤逐渐感觉疼痛，像是被一股莫名的力量四面拉扯，却毫无抵抗之力。只感到处处疼痛，火辣辣的疼痛。这种痛苦远比流汗更难受。此时刘大成有些后悔接受这蛮僧的治疗了。

然而事后回想起来，这点痛苦还算不了什么。渐渐地，喉咙感到一阵干涩。刘大成曾读过曹孟德望梅止渴的故事，而现在，无论他怎么回想梅子的酸涩感，都无法解决此时的干渴。他试着摆动下巴，搅动舌头，仍然干渴难忍。如果头边没有那个素烧瓶子的话，还姑且能忍耐几分，然而从瓶口溢出的酒香，一阵阵向刘大成袭来。也许是心理作用，这酒香随着时间愈加浓郁，引得刘大成忍不住想去看一眼酒瓶。他睁开眼睛，使劲向上翻眼珠，却只看到了瓶口和半个胖鼓鼓的瓶身。虽然只看到了一半，但是在刘大成的想象里，早就看到了阴暗的酒瓶里，那满满的、泛着金黄色光泽的琼浆。刘大成不由得舔了舔干裂的嘴唇，却没有一丝唾液。连汗水也像被蒸发干了一样，不像之前那样多了。

接着，强烈的眩晕感一次次袭来，头痛欲裂。刘大成心里更加怨恨和尚，也怨恨自己为何会听信和尚的胡话，做如此蠢事。喉头愈发干渴，胸闷难受，已经无法忍耐了，刘大成下定决心，打算要求和尚终止治疗。他气喘吁吁地、艰难地准备开口。

正当这时，刘大成突然觉得一块难以形容的东西从胸腔慢慢地爬上喉头。既好像蚯蚓慢慢蠕动，又好像壁虎缓缓爬上来。总之是一个柔软的东西，蠕动着顺着食道往上爬。就这样逐渐向上，像撕裂喉咙一般硬挤出来，突然又似从黑暗逃脱的泥鳅一样，一下子从嘴里窜了出来。

就在这时，"咚"的一声，素烧瓶子里像是掉进了东西一般，发出了声响。一直坐在刘大成身边的和尚突然起身，开始为他松解身上的绑绳："酒虫已经出来了，您可以放心了。"

"出来了吗？"刘大成呻吟般地问道。他抬起晕乎乎的头，惊讶之余忘了喉头的干渴，光着身子朝瓶子爬过去。孙先生见状也连忙边用白羽扇遮着太阳，边朝二人快步走来。三人一起望向瓶内，只见一条肉色如朱泥、身形似山椒鱼的虫子，在酒里游来游去。身长只有三寸，有口有眼，好像在一边游泳一边喝酒。刘大成看到此情形，突然感到一阵恶心。

四

和尚的治疗立见成效。从那天之后，刘大成滴酒不沾。据说如今连嗅到酒味都觉得恶心。怪异的是，刘大成的身体却每况愈下。今年是吐出酒虫的第三年，原来圆头肥脑的刘大成如今却变了模样，油腻的皮肤失去了光泽，面露凶相，瘦骨嶙峋，双鬓花白，头发稀少，一年中不知有多少天卧病在床。

然而,从那以后,衰落的不仅仅是刘大成的健康状况,刘家的家业也日渐中落。三百亩负郭良田也大都转入他人之手,原本的财主刘大成如今只能下地劳作,凄凉度日。

吐出酒虫之后,刘大成为何会日渐憔悴?又为何会倾家荡产呢?如果把吐出酒虫这件事和之后刘大成的遭遇看做因果关系的话,谁都会发出这样的疑问。这个问题,被住在长山县各行各业的人们一次次提及,同样又被这群人五花八门地解答。这里列举出的只是众多解说中,最具代表性的三种回答。

第一种回答:酒虫是刘之福,并非刘之病。不巧遇到了愚昧的和尚,葬送了这天赐之福。

第二种回答:酒虫是刘之病,并非刘之福。究其原因,饮尽一瓮这样的事情,确非常人可想象。所以如果没有去除酒虫,刘大成必死无疑。这样看来,只是贫病交加,不致有性命之忧,对刘大成来说是有福之事吧。

第三种回答:酒虫既非刘之病,也非刘之福。刘嗜酒成性，如果从他的生命里去除酒的话，空无一物。这样来看，刘即酒虫，酒虫即为刘自身。所以，刘大成去除酒虫，无异于自杀。从不能喝酒的那天开始，刘大成就不再是自己了。既然刘自身已经不复存在的话，他昔日的健康也好，家产也罢，随之消失也是理所当然的事情了。

众说纷纭中哪种最准，我也不清楚。我只是模仿中国小说家的"启蒙主义"，在故事最后试着列举以上道德性的判断而已。

大正五年（1916）四月

野吕松木偶

我忽然收到一封邀请函,邀请我一同观看野吕松木偶戏①。来函之人我并不认识,可他似乎是我一位朋友的熟人,因为来信中写着"届时 K 先生也将到访"

---

① 野吕松木偶,一种平头黑脸的小丑娃娃,其表演是作为人形净琉璃(日本专业傀儡戏)席间进行的"间狂言"(出现在前后场关节,起剧情过渡作用的即兴简短的笑剧)。相传最早是在宽文、延宝年间,由江户一位名叫野吕松勘兵卫的木偶师进行表演的。

之类的话。毫无疑问，K是我的朋友。因此，我还是决定应邀前往。

关于野吕松木偶，在那日听到K的讲解前，我一直都知之甚少。后来读《世事谈》时，发现有如下记载："江户和泉太夫，有名野吕松勘兵卫其人，操平头黑脸之傀儡，谓之野吕松木偶，略曰野吕松。"据说从前藏前的札差①、各大名②的御金御用③、长袖者④等都喜欢玩耍，但现在会操作它的人大概已屈指可数。

当日，我驱车前往日暮里，奔赴某人的别墅观看表演。时值二月末，天气阴沉，近乎傍晚时分，街道上的幢幢光影，缥缈荡漾。枝丫虽未染上新绿，但湿润的空气还是带来了些微暖意。三两番询问过后，终于找到了这户位于僻静小道旁的人家。但它似乎并不

---

① 藏前，因位于浅草御藏（过去江户幕府的米仓）前而得名，现位于东京都台东区东南部。札差，是江户时代中介买卖旗本（武士身份之一，有资格谒见将军）、御家人（武士身份之一，无资格谒见将军）等武士，从幕府领俸米的人。
② 大名，古代诸侯。
③ 御金御用，江户时代，幕府、藩、旗本为弥补财政赤字，对农民和商人临时征收赋税的人。
④ 长袖者，指公卿、僧侣、神职、学者、医师等文职人员。因为与武士穿着铠甲袖套相比，他们常穿长袖衣物而得名。

像我想象的那般幽静。穿过古朴的便门，沿着逼仄的花岗石路走到门口，便能发现一面挂在台阶柱子上的铜锣，旁边还附有一根适配的朱漆木棍。我心想，大约客人到访都要敲之通报，正打算拾起木棍，便听见玄关拉门后传来一声"请进"。

我在接待处放置的格纸本上签下了自己的名字。进到里间，入眼便是已经打通的两间房，一间约为八叠①，一间约为六叠。略显昏暗的房间内，已有不少客人落座。出席活动时，我惯穿西服。因为若是着袴②，难免拘泥于繁杂的 étiquette（礼节），身穿西裤便不会过多受限。对于像我这般落拓不羁之人，可谓方便至极。所以那日，我自然是穿着大学制服去的。可谁能料想，在场全无一人与我是同样的装束。甚至于我认识的英国人，此刻都穿着带有家徽的薄哗叽③袴，面前还规矩地摆着一把桧扇④。而出身于商贾之家的 K

---

① 叠，计量单位的一种，用来计算榻榻米的数量。通常，一叠约为1.62平方米。
② 袴，和服裙裤。过去的袴，尤其是羽织袴，是日本武家社会的正装。后来逐渐变成男士传统礼服的下裳。
③ 薄哗叽，织成平纹的薄毛织物，用于做整套和服的面料。
④ 桧扇，日本和扇，礼服用道具，是正规和服的一种配件。由薄片状的柏木扇骨穿缀而成，合起来的样子形似如今的折扇。

更不必说，他穿着一件结城绸①样的二重和服盛装出席。当我同他二人打完招呼落座之际，竟生出了一股étranger（异国人）之感。

"来了这么多客人，X先生一定很高兴。"K对我说。X先生便是给我寄送邀请函的那位。

"他也会操作木偶吗？"

"嗯。听说他正在学第一场还是第二场来着。"

"他今天也会表演吗？"

"应该不会吧。今天来表演的可都是些经验老到的行家。"

接着，K又向我传授了许多与野吕松木偶有关的知识。原来今天的表演，共有七十多场，要用到二十多种人偶……我呆呆地听着，不时抬眼看向搭设在这六叠房间正前方的舞台。

所谓的舞台，其实就是高约三尺、宽约十一尺的镀金隔扇屏风。据K所言，这叫做"手摺"（剧栏板），可随时拆解。左右两边都挂着崭新的三色锦缎幔帐，

---

① 结城绸，结城市制造的结实耐用的丝织物。

后面似乎是围了一圈金屏风。此时,屏风上的金箔仿佛都被幽暗的环境熏染上了烟气,荧然闪烁,吃力地冲破这四合的暮色。我看着这朴素的舞台,心情大好。

"木偶也有男女之分,男木偶有青头、文字兵卫、十内、老僧等。"K乐此不疲地说着。

英国人问道:"女木偶也各式各样吗?"

"女木偶大概有朝日、照日,还有巫婆、恶婆吧。其中最有名的还要数青头,据说是从鼻祖世代相传,到了本家的……"

不巧,我忽然想去小解。回来之时,房间里已然亮了灯。不知何时,一位以黑纱覆面的人手持木偶站在了"手摺"之后。

终于,狂言要开始了。我微微颔首,从众宾客身旁穿行而过,回到原位,坐在了K与身穿和服的英国人之间。

舞台上的木偶是身着蓝色素袍、头顶乌黑漆帽的大名。操控它的匠人口中说着"吾至今尚未拥有足矜之物,故欲遣人前往京师以求得稀世珍宝"。无论是台词还是语调,都与"间狂言"无异。

不久,只听见"先将与六唤出吧。喂喂,与六可在?"大名唤道。于是,另一个以黑纱覆面的人手持着状似太郎冠者①的木偶,从左边的三色锦缎中走出,应声道"在"。木偶身上穿着茶色肩衣半袴②,腰间未佩刀剑。

这时,大名左手按住刀柄,右手执半开折扇指向与六说:"天下大治,盛世修明,为得瑰宝皆四处寻觅。汝亦知吾尚未有足矜之物,以故汝速往京师以求得稀世珍宝!"与六答:"是。"大名催促:"快!""是。""嗯。""是。""嗯。""是,大人……"而后,与六便开始了他大段的 Soliloque(独白)。

木偶的制作十分简单。其衣物下方无脚,与后来能开口、转眸的木偶相比,可谓是天差地别。手指倒是能够活动,却不常展现。除前后弯曲身体或左右移动手臂之外,几乎再没别的动作了。显得素净古朴、落落大方、雅致脱俗。这令我又对木偶产生了深刻的 étranger(异国人)之感。

---

① 太郎冠者,狂言角色之一,大名等主人的手下仆人中的第一人。
② 肩衣,室町末期至江户时代武士穿的礼服,无袖,只遮盖肩部与背部,武士上下身礼服装束的上半部。半袴,长度到脚脖子的和服裤裙,与武士礼服中的素袄或肩衣搭配穿着。

阿纳托尔·法朗士曾写过这样一段话："没有任何美能超乎时代与地点的限制。只有当我发现自己在生活上与某件艺术品有所联系之时，才会对这件艺术品感到兴味盎然。例如，Hissarlik（希沙立克）的素烧①让我更爱《伊利亚特》。若是不了解13世纪佛罗伦萨的生活，我必定无法像今天这样欣赏《神曲》。因此我以为，一切艺术品，只有了解其创作的地点和时代，才能更合理地爱与理解……"

金色的屏风背景前，身着蓝色素袍和茶色肩衣半袴的木偶重复着缓慢悠长的动作，看着他们的身影，我便不由想起了法朗士的这段话。总有一天，我们写的小说也会变得像野吕松木偶一样吧。我愿相信有不受时间和地点限制的美的存在。为了我们，也为了我们所敬重的艺术家，我愿如此坚信不疑，但说到底，是希望存在这样的美，还是真的存在这样的美呢？……

野吕松木偶似乎是在对此表示否定一般，木雕的白脸在镀金的隔扇屏风前转动。

---

① 素烧，不挂釉低温烧制的陶器。

后来，狂言的剧情中出现了一个蒙骗与六的骗子，与六回来后受到了大名的严厉斥责。伴奏似乎是没有三味线的歌舞伎和能乐杂子①的融合体。

在等待下一场狂言开始的间隙，我没有再和 K 闲谈，只一人默默地喝着朝日啤酒。

大正五年（1916）七月十八日

---

① 杂子，在各种表演中，为表演伴奏或营造气氛，用乐器（主要是笛子和打击乐队）或人声（号子、衬词）伴奏的音乐。能乐的杂子中使用笛子、小鼓、大鼓、太鼓四种乐器伴奏。歌舞伎的杂子，以四拍子为主，辅以多种打击乐器演奏。

山　药　粥

这事大约发生在元庆末年、仁和初年。不过，无论发生在何朝何代都与这个故事无甚关联，读者权当这是以久远的平安时代[①]为背景便可。时值藤原基经摄政，手下侍卫中有位五品官。

---
① 平安时代（794—1192），日本古代的最后一个历史时期。

在下也着实不想把他写作"某位",也想写清他姓甚名谁,可惜的是,旧记之中也无迹可寻,怕是位平庸之人,没能青史留名吧。毕竟旧记作者对于凡夫俗子之事缺乏兴趣,这一点倒是与日本自然派作家大相径庭。王朝时代的小说家竟意外地并非闲散之人。总而言之,藤原摄政王的侍卫中的某位五品武士便是这故事的主人公。

这位五品实在是其貌不扬,身量矮小不说,还有个红鼻子,眼尾下垂,胡子稀稀拉拉,脸颊细瘦,下巴则比常人尖得多,嘴唇嘛……若要一一细数,则无穷无尽。这位五品的外貌便是这般邋遢,非比寻常。

无从得知这位男子于何时、又因何故得以侍奉基经,反正长久以来,总是身着同一件褪色的水干[①],头戴同一顶瘪瘪的乌帽子[②],不厌其烦地担任同一职位,日复一日,确实无疑。由此,任谁看了也难想到这位男子也曾青春年少(五品已年过四十),相反,却觉得凭他这因寒冷而冻得通红的鼻子、虚有其表的胡子,

---

① 水干,平安时代的一种男子装束。
② 乌帽子是平安时代直至近代和服的一种黑色礼帽,又称平安乌帽。

生来就该在朱雀大道上遭风吹日晒。上至主人基经，下到放牛娃，无意之间都这般深信不疑。

男子生得这副尊容会受到何种待遇，自然无需赘述。侍卫所里的其他人几乎都无视五品，五品甚至不如一只苍蝇。那些有品阶和无品阶的下属侍卫大约二十来人，对五品的进进出出也都冷漠至极。即使在五品吩咐之时，其他人也绝不会停止笑谈。于他们而言，五品是如同空气一般透明的存在，无影无形。下边的人尚且如此，更不必说上面的人了。他们压根不将五品放在眼里。他们对待五品，在漠然的表情背后隐藏有几乎孩童一般无来由的恶意，要说什么便全打手势。人之为物，拥有语言绝非偶然。因此，时常发生用手势无法传达的状况。然而他们将这一切归咎于五品悟性不足。于是一旦手势行不通，他们便从五品头戴的瘪瘪的乌帽开始，一直到脚上一双快要坏掉的草鞋，仔仔细细打量一番，然后哧笑一声，蓦地向后转身。即便如此，五品也从不动怒。他甚至不会认识到这一切皆为不平之事，窝囊懦弱至此。

然而，那些同僚得寸进尺地意图戏弄他。年长的拿他的丑陋相貌打趣，尽说些陈词滥调的笑话；年轻的便有样学样，借机取笑耍嘴皮子。他们当着五品的面，对他的鼻子、胡子、乌帽子、短上衣品头论足，不知收敛。不仅如此，他以及他那个五六年前就分道扬镳的地包天女人，甚至连同与那女人相好的酒肉和尚也屡屡成为他们茶余饭后的谈资。更有甚者，他们时不时便对他进行恶作剧，性质恶劣，在此无法一一列举：比如将他竹筒里的酒饮完，然后灌入尿，仅做如此叙述，其他便可想而知了。

然而五品对诸如此类的揶揄，全无感觉，至少在旁人看来是无动于衷的。无论别人对他如何指摘，五品都面不改色，一声不吭地捋着那几根胡子，做他应做之事。只是他们的恶作剧，如将纸条别在他头顶上，或将草鞋横在刀鞘上，诸如此类让他分外难堪之时，他才满脸堆笑，分不清楚是哭还是笑地说道"住手啊，诸位"。见他如此表情，听他如此声音，大家竟一时生出恻隐之心（受到欺凌的何止是红鼻五品一人？许许多多人都会借他的表情和声音，谴责其他人之无情）——这种若有似无的情绪瞬间占据他们的心。

只是可以长时间维系那种情绪的人少之又少。在这极少数人之中，却有个无品的侍卫，丹波国人士，一个嘴上茸毛刚长成胡须的年轻后辈。自然，这后辈起初也与众人一般，毫无来由地轻视红鼻五品。可有一日，碰巧听见"住手啊，诸位"的声音，始终在脑中萦绕。自此，五品在这位后辈眼中彻底变了样。因为从五品营养不良、毫无血色、木讷迟钝的脸上可以窥见遭受世间迫害的人间面貌。这位无品侍卫每每想到五品之事，便不由得感到世间一切丑陋卑劣的面貌被突然揭露出来。与此同时，冻红的鼻子和数根胡须则好像没来由地成为一丝安慰，直击他的心底……

然而，这仅限于后辈一人。除却他这一例外，五品依旧不得不苟延残喘于周围人的轻蔑之中。首先他没有一件可称之为和服的衣服。青墨色的水干和一条相同颜色的裙裤，现已旧得泛白，变成蓝绿不辨的颜色。水干仅是肩部稍微有些塌下来，圆纽带和接缝处的菊花装饰有些许掉色。裙裤的裤脚管却是破烂不堪。裤管里面没有衬裤，便可看到两条细腿。那细腿，即便不是嘴巴毒辣的同僚，也觉得真好比看着瘦牛颤颤悠悠拉车，寒碜不已。再者，身上的佩刀也让人觉得颇为奇怪。刀柄上的金属物件已然变色，黑色刀鞘上的涂料也开始剥脱。他却照旧顶着一只红鼻子，拖着破旧的草鞋。本就驼背的他在寒天之下更显佝偻，带着贪婪的眼神迈着细碎的步子，东张西望，怪不得连街上的商贩都要欺负他，现下便有这样一桩事……

一日，五品在途经三条城门前往神泉苑的途中，看见有六七名孩童围在路边，好似在做着什么。他心想，难道在抽陀螺吗，便从后面偷偷瞧了一下：原来是用绳拴住一只走失的狮子狗的脖颈，并对其拳打脚踢。胆小如鼠的五品即便向来有几分恻隐之心，却因顾忌周围之人，从来不曾付诸行动。然而此时对手是一群孩童，他便顿生几分勇气，此时努力挤出笑容，拍着一个像是领头的孩子的肩膀，说道："就饶了它吧，狗挨打也是痛苦的。"

于是，那孩子转过身子，翻起白眼，蔑视一般紧紧盯着五品的脸。那神情便与侍卫所的长官见五品没有领会自己的意图时瞧他的眼神别无二致。"别多管闲事。"那孩子后退一步，反唇相讥，"你这个酒糟鼻，算什么东西。"

五品觉得这话似乎在抽打自己的脸。倒不是因别人羞辱所以恼羞成怒,而是觉得自己多嘴而受辱,感到无地自容。于是,他便用苦笑掩饰羞辱,默默朝着神泉苑方向迈出步伐。孩童们在他后面挤成一堆,或是做鬼脸或是吐舌头。五品自然对此一无所知。即便知晓,于没有志气的五品而言又能如何?……

若说这故事的主人公生来便让人轻视,毫无盼头,倒也不尽然。自五六年前起,五品便对山药粥异常执着。所谓山药粥便是将山药切碎,用甜葛根汁熬制而成。当时,作为无上的美味,山药粥甚至摆入万乘之君的膳食里。因此,如五品一般的人,只有在一年一度贵客临门之时才能有幸喝上。即便能喝上,其量也不过是润润喉咙。于是乎,很久以前起,能饱餐一顿山药粥便成为他唯一的念想。自然,这话他从未说与旁人听。不仅如此,甚至连他自己也才意识到这居然是他平生之愿。事实上,可以说他为此而活着也不为过。人类时常会为了一个不知是否能实现的愿望而奉献一生。笑其愚蠢的人,也不过是他人生中的过客而已。

谁能料想，五品"饱餐山药粥"之夙愿，居然轻松成为现实。道出其中始末便是写作此篇《山药粥》的目的所在。

某年正月初二，基经府邸贵客临门之日。（这一日，与皇后和太子两宫之宴同日，摄政关白府设宴招待王公大臣，不输两宫之宴。）五品也混迹侍卫之间，对着满桌残羹。那时尚无将残羹冷炙扔掉任低贱之人拾取的做法，而是让家里的侍卫齐聚一堂共食。虽说可媲美两宫之宴，但终究是古代，虽种类繁多，却无精致之物，不过煮年糕、油炸年糕、蒸鲍鱼、鸡肉干、宇治小鱼、近江鲫鱼、鲷鱼干、鲑鱼镶鱼子、烤章鱼、大虾、大酸橙、小酸橙、柑橘、柿饼串之类。唯有一样特别，其中有山药粥。五品年年翘首以盼这山药粥。然而僧多粥少，能喝到自己嘴里的并没有多少，今年更是少之又少。如此一来，或许是五品心里作怪，觉得那粥较以往更加可口。于是他紧紧盯着喝完的碗，用手掌擦了一把粘在稀疏胡须上的粥沫，说道："何时才能尽兴喝个够。"

五品话音未落，便有人嘲笑道："阁下竟没有饱餐过山药粥？"

似是老练而威严的武士的声音。五品驼着背抬起头，怯生生地朝那人看去。声音的主人是那时在基经府内当差的民部卿时长的公子藤原利仁。那位人高马大、膀阔腰圆的伟岸男子正一边咬着烤栗子，一边不停地饮着黑酒。看架势似乎已是半醉。

"真是可怜。"利仁看见五品抬起头，用夹杂着轻蔑和怜悯的声音继续说道，"如若阁下愿意，在下利仁可以让您饱餐一顿。"

即便是一只狗，常年被欺凌，偶尔被施舍块肉食，也不会轻易凑上去。五品便露出不辨哭笑的惯常笑脸，看看利仁的脸，又看看手上的空碗。

"您不愿吗？"

"……"

"如何？"

"……"

五品觉察到众人的视线都集中于自己身上，回答稍有不慎便会招来嘲笑，或者无论他如何回答都会被戏耍。他十分为难，如若不是那时对方带着稍许不耐烦的语气说道"如若不愿，那也不强求"，五品说不准会一直对比着空碗和利仁。

五品听闻此言，便忙不迭地答道：

"不敢不敢……乐意之至。"

听见两人对话的人抑制不住笑出声来。还有甚者学舌五品的回答"不敢不敢……乐意之至"。一时间，在满盛各式颜色柑橘的槲叶盘和高脚盘之上，一顶顶软式、硬式乌帽便随着笑声一道如同波浪一般舞动起来。其中笑得最响亮最欢的还属利仁。

"那么改日相邀。"利仁一边说道，一边微微皱起了眉。想必那是涌上心头的笑意和酒气一起汇聚在喉头的缘故。

"您意下如何？"

"乐意之至。"

五品一面红着脸，一面结结巴巴地重复了方才的答话。不用说，这次又引起大家哄笑。至于利仁本人，正是要五品重复一遍才故意那般询问，因而觉得比方才更加可笑，直笑得肩膀微颤，不亦乐乎。这位来自朔北的粗俗大汉，生活中也唯懂这两桩事：一是豪饮，二是哄笑。

　　幸而话题中心不久便会离开他二人。这便是那些人即便嘲弄，若是一直将注意力集中于红鼻子的五品的话，大抵会招致别人不快。总而言之，话题一个一个地转换，而当美酒佳肴也即将告罄之时，一个见习侍卫说笑，说有人将两脚伸进一只皮护腿里想要骑马，这才又点燃在座众人的兴趣。然而唯有五品仿佛丝毫也未听进去，怕是山药粥三个字已经彻底支配了他的思绪。即便面前陈列着烤山鸡，他也未动筷。即便杯中有黑酒，他也不饮一口。他只是将双手置于膝上，宛如待字闺中的女子相亲一般，未经世事地红着脸，甚至连霜白的两鬓都开始泛红，始终盯着空空如也的黑漆碗，傻乎乎地微笑着……

　　四五日后，一日上午，有两男子缓缓驱马沿加茂川畔，朝着粟田口前行。一人身着深蓝色猎衣，下着同色裙裤，佩有一把镶金包银的太刀，是个"须黑鬓美"的男子。另一人，身着破旧的青墨色水干，外披薄棉衣，看样子似是四十来岁的侍卫。无论是那随意系着的腰带，还是红鼻子的鼻孔下满是鼻涕的那副尊容，通身皆显得寒酸落魄。至于二人所骑乘之马，前面一匹是月毛马①，后面一匹是芦毛马②，皆是三岁的骏马，引得路上的小贩和武士都回头张望。还有两人紧紧跟在马后。自然是持弓背矢侍奉的随从和杂役。无需赘述，这一行人，正是利仁和五品。

虽说是冬日，却是天气晴好之日，也未见有微风吹拂泛白的河岸铺石之间潺潺溪水边枯萎的蓬草。临河低垂的柳树间，光秃秃的树枝上，洒满如饴糖一般丝滑绵密的阳光，蹲在枝头的鹡鸰鸟动一动尾巴，影子便会鲜明地投映在地面上。东山上的片片暗绿，如同被霜打过的天鹅绒上方露出圆圆的山头，那想必是比睿山吧。鞍鞯上的螺钿在阳光映射下闪闪发光，两人不挥一鞭地朝向粟田口徐徐前行。

"您说，要带在下前往，究竟去往何处呢？"五品生分地拉着缰绳问道。

"便是在那边，并非如阁下所担忧的那般路途遥远。"

---

① 月毛马，马匹身上毛发为金黄色，而四肢和尾巴毛发为白色。
② 芦毛马，马匹身上、四肢、鬃毛、尾毛毛发皆为灰色。

"如此说来，便是粟田口一带？"

"暂且先这般想吧。"

今日晨分，利仁前来邀请五品，说东山附近有处温泉，意欲前往。红鼻五品便信以为真，时值久未沐浴，这一阵身上瘙痒难耐。饱餐过山药粥，若可再沐浴，何其幸运。这样一思忖，便骑上利仁事先牵来的芦毛马。不料并辔来到此处，却惊觉利仁的目的地似乎并非在这附近，而现在，不知不觉已过了粟田口。

"原来不是去粟田口啊。"

"正是，再走一段，您啊。"

利仁面带微笑，故意不看五品的脸，静静驱马前进。路边的人烟也逐渐稀少。此时，冬日宽阔的田野上，唯见觅食的乌鸦；山阴上残留的雪色好似隐隐地笼罩着一层青烟。虽是晴好天气，但望着尖锐的野漆树的梢头，让人感到眼睛刺痛，亦不禁感到刺骨的寒冷。

"便是这一带吗？"

"此处是山科，还要往前一些。"

对答之间，便这般经过了山科。不仅如此，没过一会儿，关山也被甩在身后。于是晌午将过之时，一行人终于抵达了三井寺。三井寺内，有位僧人与利仁颇有交情。两人拜访这位僧人并承蒙款待午餐，餐毕着急驱马赶路。所经之处较先前更是人烟稀少。尤其时值盗贼四处横行，世道甚是不太平。五品更加低低弓起了驼背，仰视着利仁的脸问道：

"还在前头吗？"

利仁微微一笑，好似孩童的恶作剧被人发现了一般，冲着年长者绽放着微笑。鼻尖的皱纹，眼角的鱼尾纹，好似在犹豫是否要笑出来。于是，利仁终于如斯说道：

"其实，想与阁下一同前往敦贺。"利仁一面笑着，一面举鞭指向遥远天际。鞭子下，近江湖水与午后的日头交相辉映，光灿灿地闪着银光。

五品慌张不已：

"若说敦贺，难道是那越前的敦贺吗？越前的敦贺……"

利仁自打在敦贺做了藤原有仁的女婿后，大多时间住在敦贺。这等事平素有所耳闻，然而直到此时他也没有想到，利仁居然要领自己长途跋涉去往敦贺。

别的不说，要前往千山万水的越前国，仅仅带这两个随从，如何能保路上无虞呢？何况此时正谣言四起，说是有过往路人被强盗所杀。五品望着利仁的脸，似是哀叹一般说道：

"这如何使得，原以为是东山，岂知是山科。以为是山科，岂料是三井寺。结果，是越前的敦贺，这到底是怎么一回事？倘使开始便直说，哪怕是下人呢，也该多带几个。敦贺，这可使不得！"

五品几乎带着哭腔，絮絮低语。若是没有"饱餐山药粥"这一念头，若非他鼓足勇气，恐怕他当即便会告辞，独自赶回京都。

"有我利仁在，足可以一抵千。路上无需担忧。"

眼见五品惊慌之状，利仁皱起眉头，嘲笑起来。而后唤过随从，将带来的箭筒背在身上，接过黑漆弓，横置于鞍上。而后一马当先，向前方奔驰而去。事已至此，胆小的五品，只能遵从利仁的意志。五品惴惴不安，眺望周遭荒凉的原野，口中喃喃低语，似是在念诵模糊记得的几句观音经，而那只红鼻子更是几乎蹭到马鞍的鞍桥前部。马脚步不稳，五品骑着它慢腾腾地赶路。

回响着马蹄声的原野被连绵成茫茫一片的黄茅所遮蔽。一处处积水汇聚的水洼冰冷地映射出蓝天。让人不觉疑惑，在这冬日午后，怕是会结冰冻住吧？原野尽头，是一道连绵山脉。背阴的缘故，本该在日头下闪烁光芒的残雪，竟没有一丝光辉，而是像微微带紫的暗色般长长延伸。就连这些也被几丛萧瑟的枯茅遮蔽，许多景致是两个步行随从领略不到的。这时，利仁蓦地回头，对五品说道：

"且看，来了好一个使者。可报信与敦贺。"

五品并不明白利仁之意，害怕地看向弓所指之处。那本就不是可见人影之地。只是在野葡萄藤抑或是纠缠的灌木丛中，有只狐狸披帛一身暖暖的毛色，于下沉的日头下徐徐前进。正如此思忖，狐狸慌不择路地纵身逃窜。利仁则赶紧扬鞭策马追去。五品也忘我地紧追利仁后面。自不必说，随从也不能落在后面。俄顷，马蹄踢石的哒哒声划破旷野的宁静，持续了好一会儿。却见利仁停下马不知何时已经抓住了狐狸，将其后脚捆住，倒挂于马鞍一侧。想必是一直对狐狸紧追不舍，直至其走投无路，将其擒于马下。五品慌乱拭着黏附在稀疏胡须上的汗水，终于赶到跟前。

"狐狸，仔细听着。"利仁将狐狸提至眼前高度，故意拿出煞有介事的威严之声说道，"去告知他们，敦贺利仁，今夜即将回府。这般转达'利仁陪同一位贵客正在赶路。明日巳时时分，差人前往高岛迎候，同时预备上两匹好马'。可明白？切勿忘记！"

说罢利仁便抬手将狐狸远远抛向草丛中。

"哎呀，跑了，竟跑了。"

刚刚追上来的两位随从，眺望逃走的狐狸的方向，拍手直嚷。那只小兽脊背的毛色在夕阳映照下如落叶一般，它不辨树根与石块，慌不择路地急匆匆逃去。一行人所立之处，那番情景尽收眼底。在追逐狐狸的过程之中，不知何时，他们正好来到旷野上的高处。那里是一方缓坡，与干涸的河床连成一片。

"好个宽宏大量的使者！"

五品燃起敬佩与赞赏之情，仿佛刚认识一般，仰视这位可以对狐狸颐指气使的武士英雄。而自己与利仁之间，究竟如何差别，无暇去思量。他深有感触，只觉得在利仁的意志可以支配的广阔范围内，被包含于利仁意志中的自己的意志也可以自由驰骋。——此时此刻，正是最容易阿谀奉承之时。各位读者，倘若此后从红鼻五品的态度中看出溜须拍马之类，切不可以此对他的人格妄加揣测。

被扔出的狐狸如同滚下去一般，跑下斜坡，从干涸河床的石头间灵活地越了过去，然后又气势汹汹斜跑上对面的斜坡，一面跑一面回头望，便见捕获自己的武士一行人，仍并辔立在远远的斜坡上，看起来只有并指一般大小。沐浴落日，立于寒霜的空气中的月毛马和芦毛马更是比画还要分明。

狐狸扭过头，又在枯茅中，如同疾风一般跑了起来。

一行人于预计的翌日巳时抵达高岛边。此处近邻琵琶湖，是个小小村落。与昨日不同，阴云沉积的天空下，只有几户稀稀拉拉的茅屋。河岸的松树之间平铺着一面泛起灰色涟漪的湖，湖面如同未打磨过的镜面一般，寒气逼人。到达此处，利仁回过头看着五品，如此说道：

"请看，众人已经前来迎接。"

五品一看，果然，湖畔中、松林中，有二三十名男子，或是骑马，或是步行，牵着两匹预备好鞍辔的马，短褂宽大的袖子在寒风中翻滚，正朝他们急速赶来。不久，便来到跟前，骑马的急忙下了马鞍，步行的赶紧跪于路旁，一个个都在恭恭敬敬等候利仁到来。

"如此看来，果真那只狐狸还是传了话。"

"生来变化多端的畜生，不过是完成区区小事，亦无堪大用。"

五品与利仁交谈期间，一行人便来到众家臣恭候之处。利仁道了声："有劳。"深蹲着的人才急忙起身，接过两人的马。一时间气氛变得轻松起来。

"昨夜有一桩稀奇事。"

两人下马后，刚要在皮褥上落座，有个身着红褐色水干的白发家臣，走到利仁面前如是禀告。"何事？"利仁一边将家臣随从们呈上的酒和吃食递给五品，一边颇具威严地问。

"是这样一回事。昨夜戌时前后，夫人突然失去心智，这般说道'吾乃阪本之狐。今日前来传达主人命令。上前仔细听分明！'于是，众人便一同上前，听到夫人说了这样一番话'主人现如今正陪同贵客在赶路途中。明日巳时时分，遣人前往高岛迎接，备上两匹好马一同前往'。"

"那可真是稀罕事。"五品仔细瞧瞧利仁的脸色又瞧瞧家臣，为讨得双方欢心，这般附和道。

"仅是那般传话倒还算不得什么。她战战兢兢，浑身发抖一般恐惧着：'切莫延误。若有延误，主人必定会断绝与吾之关系。'说着哭泣不止。"

"那么，后来如何了？"

"后来便一下子昏睡过去。我等出门时，似乎还未醒。"

"您看如何？"听完家臣之言，利仁得意地看着五品说，"连畜类都任我利仁驱使！"

"真叫人惊讶不已。"五品摸着红鼻子，低了低头，然后张开嘴巴，故意做出吃惊不已的样子，胡子上还沾有一滴方才饮的酒。

当夜发生之事。五品歇在利仁府上的一间屋内，迷茫地瞧着方角座灯，难以成眠。漫漫长夜，直到天明。傍晚抵达此地之前，同利仁及其随从谈笑风生之间，途经松山、河川、枯野、荒草、树叶、岩石以及野火的气味……这些物事，一桩桩浮现于五品心头。尤当黄昏时分，红褐色雾霭中，终于抵达这府邸，眼见长钵里燃起的熊熊炭火，放下心来时的那份心情。此时此刻，居然躺在此处，这只能令人觉得，似是遥远之往事。四五寸厚的棉花黄被之下，五品舒适地伸直了腿，独自呆呆看着自己的睡姿。

棉被下，叠穿两件淡黄色的厚棉衣，是利仁借与他的。这已足以让他热得出汗。再者，晚膳时饮过酒，醉意更使他身上热乎乎的。枕畔，格子板窗外面，就是寒霜映地的宽阔庭院。他如此美滋滋，没有一丝苦楚。所有一切与自己在京都当值的房间相比，简直是云泥之别。尽管如此，我们的五品心里却没来由地有那么一丝不合时宜的不安。首先，时间流逝速度之慢竟让他急不可待。然而，同时又希望，天明也就是喝山药粥的时刻，不要来得太快。就在这两种矛盾的心情对立相克之后，因境遇急剧变化而来的不安心情就如今日的天气一般，突然让人心里冷飕飕的。凡此种种皆成为障碍，难得的暖和竟也不能使他轻易进入梦乡。

这时，闻得外面的宽阔庭院中谁在大声说话。听声音，似是今日到途中迎接他们的那个白发家臣好像在吩咐着什么。或许是与霜华相辉映的缘故，那声音干涩不已，甚至让五品觉得如同凛冽寒风一般，句句渗入骨髓。

"下人听命！奉主公之命：明早卯时前，每人须上交粗三寸、长五尺的山药一根。切记切记，务必于卯时前交来。"

这话重复了两三遍，终于人声渐止，周遭恢复了方才一般冬夜的寂静。静寂中，只有方角座灯的灯油嘶嘶作响。火苗如同一条红色丝绸，摇摇曳曳。五品硬生生把哈欠忍了回去，而后又沉湎于毫无意义的胡思乱想。既然说是山药，那便定是为制成山药粥而让上交。如此一想，方才一门心思注意外面而暂时忘却的不安，不知何时又涌上心头。然而比方才更为强烈的是，不愿过早就饱餐山药粥的这份心情。这念头偏生坏得很，总是占据思绪的中心，不肯离去。"饱餐山药粥"这一平生之愿若是这般轻易实现，那么直到今日，数年的坚持忍耐岂不是好似白费了。如若可以的话，希望事情可以如此推进：先是突然出现什么意外，暂时喝不成山药粥，而后费尽心思，事情得以解决，一切顺利进行。这种想法如同"陀螺"一般，围着一处溜溜旋转之际，不知何时，五品也因旅途劳顿，沉沉睡去。

次日早晨，五品一睁眼便因十分在意昨夜山药一事，首先打开了格子板窗向外看。这才发现自己不知不觉睡过头了，怕是早已过了卯时。广阔庭院中铺开的四五张竹长席上斜斜堆着两三千根如同圆木一样的东西，像一座小山，竟有桧树皮葺屋檐一般高。仔细一瞧，全部是长五尺、粗三寸，极其大的山药。

五品揉着惺忪的睡眼，惊讶不已地呆呆环顾四周。宽阔庭院中，处处新打上的桩子上，并排放置着五六口五斛容量的大锅。身着白布褂子的年轻使女好几十人围着那口大锅忙忙碌碌。烧火的，掏灰的，或是将白色木桶里的"甜葛根汁"倒入大锅里。众人皆为料理山药粥的准备忙碌不已。锅底下升腾起的烟与锅中沸腾的热气，与尚未消退的清晨雾霭融为一体。宽阔庭院整个笼罩在一片灰蒙蒙之中，已经难以辨清事物。

映入眼帘的唯有熊熊燃烧的锅底下的红色赤焰。所见所闻，吵闹不休，皆似身临战场、火场一般。五品此时方才意识到，如此之大的山药将在如此之大的五斛容量的大锅中被熬成山药粥。五品更是想到自己为了喝上山药粥特地从京都长途跋涉赶到敦贺这一事。这桩桩件件，他越想越觉得心里百感交集。实际上，此时咱们五品那令人同情的食欲早已消减了一半。

一小时后，五品同利仁以及利仁的岳父有仁，一同用早膳。面前带着提手的一口银锅里如同海水满溢一般装满一锅的，便是那可怕的山药粥。五品方才看见几十名年轻后辈熟练地使着薄刃刀，将堆到屋檐一般高的山药，自一端开始切碎，动作灵活连贯。五品还看见那些女佣来来往往，东奔西跑，把切好的山药拾掇起来，放进一口口大锅里。最后，等到竹席上不见山药的踪迹之时，便见几团热气，混合山药味、甜葛根味，生气勃勃地从锅里向上升腾至早晨晴朗的天空。五品目睹了这一切，此刻面对着银质锅里的山药粥，还不等品尝，就已有饱腹感，这也是情理之中。五品面对银质锅，颇有些不好意思地擦拭额上的汗水。

"您从未饱餐过山药粥,如今不必客气,尽管享用吧。"

利仁的岳父有仁吩咐侍童们,又在桌上摆了几口银锅。每锅山药粥都几乎满溢出来。五品本就发红的鼻子,现在变得越发红,从锅里盛出一大半的粥倒在土制食器中,他闭起眼睛,即便不愿却也硬着头皮喝了下去。

"家父也说,无须客气。"

利仁在一旁恶意满满地笑着劝他再喝一锅。痛苦不堪的只有五品。若直言不讳,这山药粥,打从一开始他就一碗也不想喝。如今,他极力忍耐才勉强喝掉半锅,若再多喝一口,恐怕不等咽下就会悉数吐出来。然而,如若不喝,便等于辜负利仁和有仁的厚意。于是乎,他又闭上眼睛,把余下的半锅喝掉了三分之一。最后,竟是连一口都无法下咽了。

"实在是不胜感激,已然足够了。——啊啊啊,不胜感激。"

五品语无伦次地说道。显然,他已无力招架。胡须上、鼻尖上,挂着豆大的汗珠,简直不像身处寒冬季节。

"吃得太少了。客人显然没有尽兴。喂,喂!你们在做什么呢!"

侍童们遵从有仁的吩咐,又要从一个银质锅往土制食器里盛粥。五品摆着双手,好似赶苍蝇一般,恳切地表示推辞之意:

"不,不,已经足够。……实在失礼,但已经足够。"

若非此时利仁指着对面屋檐说道"看那边!"有仁或许还会不断地劝五品喝山药粥。所幸利仁的声音将众人的注意力引至那边的房子。朝阳正照射在桧树皮葺的屋檐上。如此一来,那耀眼的光线下,一只毛色极好的畜类端坐那边。一瞧,正是前日利仁在荒野的路上活捉的那只阪本野狐。

"狐狸似是也想喝山药粥。来人,分一些与它。"

利仁的吩咐被立即执行。从屋檐上跳下来的狐狸径自奔向院子喝山药粥。

五品望着正在喝山药粥的狐狸,颇有几分怀念地回想着未到此地之前的自己。那是被众多武士愚弄的他,是连京都孩童都骂"你这个酒糟鼻,算什么东西"的他，是身着褪色的水干和裙裤、如同丧家之犬一般在朱雀大路彷徨不已的可怜而孤独的他。然而，同时也是独自一人郑重其事地珍藏"饱餐山药粥"这一愿望的幸福的他。他放下心来，可以不必再喝山药粥了，同时也感到，满面的汗水逐渐从鼻尖开始慢慢干燥起来。虽说是晴朗天气，而敦贺的早晨依旧寒风凛冽。五品慌忙捂住鼻子，同时朝向银质大锅打了一个大喷嚏。

大正五年（1916）八月

猿

那是在我完成远洋航行,终于快要结束"雏鸟"[①]生涯的时候。我乘坐的 A 舰驶入横须贺港后的第三天,约莫是下午三点,传来了和往常一样通知上岸人员集合的号角声。印象中该轮到右舷的人上岸了,就在大

---
① 军舰中对见习士官的称呼。

家刚到顶层甲板排好队时，突然响起全体集合的号声。显然，此次事件非同小可。一头雾水的我们边爬出舱口，边互相询问着发生了什么。

全员集合后，副舰长说："……最近军舰内，发生了几起偷盗事件。尤其是昨天，据说镇上的钟表工来的时候，又丢了两个银壳的怀表。因此，今天要进行全员搜身，同时还要检查携带的物品……"大体上是这么个意思。钟表工一事，我还是头一回听说，不过对于有人失窃这事，大伙其实都早有耳闻。据说有一个军官和两个水兵被偷了钱。

因为是进行搜身，所有人都得脱光衣服。所幸，彼时正值十月初，港口中漂浮着的赤色浮标正暴晒在阳光下。一见此景，便让人觉得夏天似乎还未过去，倒也不觉得有多难熬。只是，感到难堪的正是那些早早上岸的、一心冶游的家伙，一检查便从他们兜里翻出春画呀、避孕套什么的，好不热闹。这时就算是再怎么脸红，再怎么扭捏也为时已晚了。有几个人似乎还挨了军官的揍。

毕竟共有六百多人，即便是囫囵吞枣地检查一遍，也要大费一番功夫。那场面，真是颇为壮观。六百多号人，全都脱光了衣服，赤身裸体，将顶层甲板挤得水泄不通。人群里，那些面孔黝黑，手腕黢黑的是轮机兵，这伙人因为涉嫌此次的失窃案，这会儿脱得只剩个裤衩，气势汹汹地喊着，要检查那就尽管检查个够。

顶层甲板上正闹得天翻地覆的时候，中层甲板和底层甲板也开始了物品搜查。舱口一个不落，全由见习士官守着，顶层的那帮人半步也进不来。我正好负责中下层的物品搜查，和外面的同伴们一起，走进去翻查士兵们的衣囊和手提箱什么的。自打上了军舰，我还是头一遭碰上这种事，又是摸索横梁内部，又是爬进行李架深处，这个活比我想象的要麻烦得多。搜查中，终于，和我同为见习士官的牧田找到了赃物。表和钱一股脑儿的都藏在一个叫奈良岛的信号兵的帽盒里。据说除此之外，里面还有服务员丢失的青黑色贝壳柄小刀。

于是事情又从"解散"发展为"信号兵集合"。要问外面的那帮人高兴吗，那自然是格外高兴的。尤其是那群轮机兵，之前还被怀疑，现在终于扬眉吐气，好不快活。然而，在那群集结的信号兵当中，却并没有奈良岛的身影。

我于这方面毫无经验，对此类事也一概不知。听说在军舰上时常会发生找到赃物但找不到犯人的情况。这种情况自然是犯人已经自杀了，而且十有八九是在煤库里自缢，投海自杀的几乎没有。不过，听说我所在的军舰上还有人用小刀切腹自尽，但是还没死就被发现了，好在捡回了一条命。

因为之前发生过类似的事，所以奈良岛失踪的消息似乎吓了军官们一跳。特别是副舰长，他那慌慌张张的样子，我现在仍记忆犹新。他大惊失色，那副担心的神情，看上去有些可笑。之前他可是以骁勇无畏驰名战场呢。我们看他那样儿，互相交换轻蔑的眼神。他平常还总跟我们谈精神修养什么的，现在竟然慌里慌张成这样。

按照副舰长的命令，我们立即开始在舰内进行搜查。这么一来，暗自雀跃的并不止我一人。这就好比火灾发生时好看热闹的那种心情。如果是警察去抓犯人的话，或许还会担心对方会抵抗，但是在军舰里决不会有这样的事。特别是我们和水兵之间有着严格的等级划分。不入军队，便无从理解其中如何纪律森严。我几乎是兴高采烈地冲向了舱口。

这时和我一同下来的伙伴当中，正巧有牧田的身影。他从后面拍着我的肩，一副兴致勃勃的样子，说道："喂，我想起了那次抓猴子的事儿。"

"嗯，今天的猴子可没有那只猴子敏捷，没问题的。"

"不能掉以轻心呀，会被他跑掉的。"

"不会，再怎么跑，也不过是只猴子。"

我一边开着玩笑，一边向下跑去。

我们所说的那只猴子，是在一次去澳大利亚的远洋航程中，炮术长从某个布里斯班人那里要来的。当时还在航海途中，离抵达威廉姆斯黑文港口还有两天。那只猴子偷拿了船长的手表不知道去了哪里，在军舰上引起了很大的骚动。长时间的航海让人百无聊赖，也算是引起骚动的原因之一吧。不仅是炮术长，船上的所有人都出动了。我们穿着军服，下到机舱，上到炮塔，寻找那只猴子，那场面不是一般的混乱；再加上登船的那些人又是带又是买的，弄来一堆动物，所以当我们往下走的时候,狗来绊腿,鹈鹕乱叫,还看到吊起来的笼子里,有只鹦鹉疯了似的扑腾着翅膀,简直像处在一个着火的马戏团里,非常混乱。这时,那只猴子不知从哪儿冒出来的,突然出现在顶层甲板,手里还拿着手表。它猛地跳向桅杆,那里正好有两三名水手在做事,所以自然是在劫难逃。顿时便有个水手一把抓住它的脖子,毫不费力就擒住了它。

手表只摔碎了玻璃壳,没什么大的损坏。之后就依照炮术长的提议,罚小猴绝食两天。不过说来滑稽,还没到期限,炮术长就打破了自己定下的规矩,喂小猴吃了胡萝卜和芋头。"虽然是个畜生,但看它那委屈的样子,怪可怜的。"炮术长如是说。这虽是题外话,但其实我们寻找奈良岛的心情,和抓小猴时的心情是一样的。

那时我第一个走到底层甲板。众所周知,无论何时底层甲板都是昏暗的。磨得锃亮的金属零件和喷了漆的铁板随意堆放在里面,反射着模糊的光晕,让人感到透不过气。在一片漆黑中,我往煤库的方向刚走了两三步,就惊呼出声,差点大喊大叫出来——煤库的洞口探出了一个人的上半身。他似乎想从狭窄的洞口钻进煤库里，所以先把脚伸进去试试看。他穿着藏青色水兵服，在肩膀和帽子的遮掩下看不清面孔，而且因为光线微弱，其实只能看见上半身的黑影。但直觉告诉我，那就是奈良岛。不用说，他定是准备进煤库自杀的。

我感到异常的兴奋，浑身的血液仿佛都要沸腾起来，一种无法言说的激动涌上心头。就像拿着枪伺机而动的猎人看到猎物来了一样，我几近疯狂地扑向那个人，比猎狗还敏捷地用双手按住他的肩膀，压住了他。

"奈良岛。"

不知是责备还是谩骂，我发出了奇怪尖锐的声音，而且声音越发颤抖。自然，他就是犯人奈良岛。

"……"

奈良岛并没有甩开我的手，他的上半身从煤库入口处伸出来，淡然地抬头看着我的脸。此时用"镇静"是不足以形容他的。这分明是全力压抑过后迫不得已的"镇静"，就像是风暴过后，被吹得折断残破的帆桁只能依靠残存的力量试图回到原来的位置。我潜意识里期待的抵抗并未出现，心中涌起一种类似不满的情绪，同时也因此感到更加焦躁和愤怒。我默默地低头看着那张"镇静"的脸。

我再也没有见过那样的脸。哪怕是恶魔，也会见之落泪吧。话虽如此，没有亲眼见过的人是无法想象的。我打算把那饱含泪水的眼睛形容给您，也许您能想象到他那突然不受控制痉挛的嘴角，还有他那张大汗淋漓、脸色极差的面容，即便如此，亦难以轻易描述。而一切组合叠加后的那种恐怖神情，任何一位小说家都无法描绘。甚至在你这位小说家面前，我可以毫无顾虑地说出这番话。我感到那种神情像一道闪电般中了我心中的某个东西。这就是该信号员的脸给我带来的强烈震撼感。

我机械地问道："你小子想干什么呢？"

话一出口，我就感到这个"你小子"仿佛是我自己。"你小子想干什么呢？"当有人这么问我，我该回答什么呢？谁能心安理得地说出"我要把这个罪犯绳之以法"这种话呢。谁能对着这样一张脸落井下石呢？如此描述出来，好像用了挺长时间，但其实那自责的念头在我心头是立马涌现的。恰在那时,那微弱而又尖锐的声音传到我的耳里:"太没脸见人了。"

或许您会以为,也会这样形容吧,这是我在心头的自言自语。确实那句话像针一样,刺痛着我的神经。唉,那时候,我的心里只求,和奈良岛一同,在比我们大的哪一位的面前,低头认错的同时说"太没脸见人了"。我不知何时松开了按住奈良岛肩膀的手,仿佛我才是那个要被逮捕的犯人一样,呆呆地站在煤库门口。

之后的事,想必您也能猜到一二。事情败露那天奈良岛被关在禁锢室,第二天被送到浦贺的海军监狱。我虽不想多说,但还是谈一下吧。在那里犯人总是被强迫做"运送炮弹"的工作。工作台之间相隔八日尺远[①],犯人们需要在工作台之间反复搬送五贯目[②]的铁球。若说监狱生活中什么最痛苦的话,对犯人们来讲,这就是最痛苦的事情了。我曾经借阅过陀思妥耶夫斯基的《死屋手记》,"如果让犯人一直反复做毫无意

---

① 一日尺为 0.303 米。
② 一贯目为 3.75 千克。

义的工作，诸如将甲水桶里的水倒给乙，又将乙水桶里的水倒回甲这样的事情，这犯人一定会自杀"。我记得书中如此写过。事实上，在那所监狱里，犯人就在做着这样的事，倘若没有人自杀才更让人觉得不可思议。被我抓住的那个信号兵就去了那里，那是一个脸上长有雀斑、个子矮矮的、软弱老实的男人……

那天，我和其他见习士官一起倚着栏杆，望着夕阳下的港口。那牧田来到我身边，用调侃的口吻说："你活捉了猴子，大功一件啊。"或许以为我内心在为之得意扬扬吧。

"奈良岛是人，不是猴子！"

我冷冷地回道，随后愤然离开栏杆。看到这幅场景其他人定会觉得难以置信，因为我和牧田从进入士官学校以来一直是相处融洽的好友，连架也没吵过。

我独自沿着顶层甲板从舰尾走向舰首，回顾副舰长由于担心奈良岛的安危而惊慌失措的样子。当我们都把信号兵看作猴子的时候，唯独副舰长把他当做人并寄予同情。而我们竟对副舰长抱以轻蔑的态度，简直是愚蠢透顶。无地自容之感，使我羞愧地低下了头。

然后，我尽量不让皮鞋发出声响，在暮色苍茫下沿着顶层甲板又从舰首折回舰尾。因为若是让正在禁闭室里的奈良岛听到我铮铮作响的皮鞋声，那就实在是太过意不去了。

后来听说奈良岛果然是为了女人才偷窃的。虽然不知道刑期是多久，但起码也得在黑暗的牢房里蹲上几个月吧。猴子可以免受处分，而人则不行。

大正五年（1916）八月

手　　绢

东京帝国法学大学教授长谷川谨造①端坐在走廊的藤椅上，阅读斯特林堡②的《编剧法》。

---

① 长谷川谨造影射日本国际政治活动家、思想家、农学家、教育家新渡户稻造（1862—1933），1891年与美国人玛丽·埃尔金顿结婚。
② 斯特林堡（1849—1912），一般指奥古斯特·斯特林堡，瑞典作家，瑞典现代文学的奠基人，世界现代戏剧之父。

教授主要研究殖民政策，因而读者对于教授阅读《编剧法》一事，多少有些唐突之感。然而他不仅是学者，作为教育家也颇负盛名。对于虽然不是本专业研究所必要的，但在某种意义上与学生的思想、情感有所关联的书籍，只要有时间他必定过目一遍。另外，仅凭目前他所兼任的某高等专科学校的学生正在争相阅读这一情况，他甚至不辞辛苦阅读了奥斯卡·王尔德[①]所著的《自深深处》和《意图集》。便是这样一位教授，现如今阅读讲述欧洲近代戏剧和演员之书，自然也没有让人匪夷所思之处。若说何故，深受教授熏陶的学生中，不仅有书写易卜生[②]、斯特林堡和梅特林克[③]等相关评论之人，甚至还有追寻近代戏剧作家踪迹，将创作戏剧作为终生事业的狂热爱好者。

教授每阅罢精妙的一章，便将黄布封面的书置于

---

① 奥斯卡·王尔德（1854—1900），19世纪英国（爱尔兰）作家、艺术家，唯美主义代表人物。
② 易卜生（1828—1906），一般指亨利克·易卜生，挪威戏剧家，欧洲近代戏剧的创始人。
③ 梅特林克（1862—1949），一般指莫里斯·梅特林克，比利时剧作家、诗人、散文家。

膝上,漫不经心地朝走廊上悬吊的岐阜灯笼①瞥一眼。不可思议的是,一看那灯笼,教授的思绪便离开了斯特林堡,脑中浮现起和妻子一起去买岐阜灯笼的事情。教授在美国留学期间结婚,因此妻子自然是美国人。即便如此,教授对日本与日本人的热爱丝毫未改。尤其是日本精巧的美术工艺品,妻子也颇为中意。因而,在走廊悬挂岐阜灯笼,与其说是教授的爱好,倒不如说是妻子的日本趣味的一种表现。

教授每每放下书本便思忖起妻子与岐阜灯笼以及灯笼所代表的日本文明。教授坚信,近五十年间,日本文明在物质方面呈现出显著而可喜的进步,然而精神层面却几乎谈不上有多大进步,甚至在某种意义上可以说在倒退。那么现代思想家的当务之急便是如何来救赎这种倒退。教授认为,除依靠日本固有的武士道别无他法。而所谓武士道也绝不应该被看作狭义上的岛国民众的道德;相反,其中甚至还伴有与欧美各国基督教精神的一致之处。通过这种武士道,如果得

---

① 岐阜灯笼,因产自日本岐阜县而得此名。

以知晓现代日本思潮的趋势，便不仅仅对日本精神文明有所贡献，更进一步，有利于欧美各国国民和日本国民之间的相互理解，甚至或许可以促进国际和平。教授近来一直在想由他自己承担连接东西方之间的桥梁。如此一来，对教授而言，妻子与岐阜灯笼以及岐阜灯笼所代表的日本文明之间保持着某种和谐的状态，而这上升到意识层面绝非不快之事。

然而在反复品味这种满足感之间，教授渐渐意识到，自己虽然在读书，思绪却远离了斯特林堡。于是，他颇为不满地摇摇头，专心于将眼睛紧盯于细小的印刷字上。正好书中所写的这一段映入了眼帘：

——演员对于最为普通的情感，发现某种与其极为契合的表现方式，并通过这种方式获得成功时，他便不问时机是否适宜，一来这是其乐趣所在，二来若是可以凭此成功的话，便动辄想使用此种方式。这便是所谓的独特的表演方法。……

一直以来，教授与艺术，特别是与戏剧，是风马牛不相及的。即便是日本戏剧，至今也只观赏过屈指可数的几次而已。——某位学生创作的小说中，曾出现梅幸这一名字。即便是自诩博闻强识的教授也未能领会这个名字中的奥义，于是顺便将那名学生唤来询问：

"你所写梅幸为何物？"

"梅幸吗？梅幸是当时丸之内帝国剧场①的演员，现今正扮演《太阁记》第十节的操一角。"

身着小仓裤的学生恭敬地答道。因而教授也从未对斯特林堡以简洁有力的笔触评述的各种表演方法做出过任何评论。那仅仅使他联想到在西洋留学过程中所观赏的戏剧中的某些情境，不过是在此范围内有些许兴趣罢了。如此说来，这与中学英语教师为寻找惯用语而阅读萧伯纳的剧本并无二致。即便是勉强的兴趣，也终究是兴趣。

走廊的屋顶上，仍然悬挂着还未点灯的岐阜灯笼。坐在藤椅上的长谷川谨造教授在阅读斯特林堡的《编剧法》。就算我只写到这儿，想必读者也不难想象那

---

① 丸之内帝国剧场，坐落于日本东京都千代田区丸之内地区，于1911年正式开幕。

是一个如何闲适的初夏午后，但这绝不意味着教授百无聊赖。如若有人这般解释，便是意图故意曲解我的写作初衷。然而现在，教授却不得不暂时告别斯特林堡。何故？突然前来通报访客的女佣打扰了教授的清净。无论一日多长，世间琐事似乎不将教授忙坏誓不罢休……

教授将书置于一旁，瞥了一眼方才女佣拿来的小小名片，象牙纸上细细的笔画写着"西山笃子"，似乎是从未谋面之人。交际广泛的教授，从藤椅上站起来，出于慎重，又大致回顾了一遍脑中的名簿，仍是想不起那人的脸。于是教授将名片夹入书中，搁置在藤椅上。教授有几分不安地捋直了绢丝单衣前襟，又稍稍看了一眼眼前的岐阜灯笼。在此情况下，任谁都是这般，与恭候的客人相比，等待的主人则心情更为焦躁。尤其是平素严谨的教授对待今日这样一位素昧平生的女客，自然不必多说。

终于，时间差不多了，教授打开了接待室的房门。走进房间，在放下门把手之时，几乎是同时，坐在椅子上约莫四十岁的妇人也起了身。那位客人远超教授的预想，身着上好的铁青色单衣，黑罗纱外衣，胸前狭窄的衣缝上，带扣的菱形翡翠显得清爽。即便是不拘小节的教授也立刻发觉她梳着圆髻。日本人特有的圆脸，琥珀色的肌肤，看起来像是一位贤妻良母。教授一瞥见客人的脸庞便觉得似是在哪里见过。

"我是长谷川。"

教授亲切地打招呼。他以为这么一说，若是曾打过照面，对方便会说出来。

"我是西山宪一郎的母亲。"

妇人以清晰的声音介绍了自己，恭敬地点头还了礼。

说起西山宪一郎，教授记得分明。他也是书写易卜生和斯特林堡评论的一个学生，记得是德国法律专业，自进入大学后经常出入教授处，提出思想问题。他在今年春天罹患腹膜炎，住进了大学医院。教授也曾顺便前去看望了一两回。所以会觉得眼前这位夫人的脸庞似在何处见过实非偶然。那位一抹浓眉、精力充沛的青年与这位夫人，可以用"一瓜破二"这一日本俗语来形容，十分相似。

"啊，西山君的……是吗？"教授独自点着头，指向小桌子对面的椅子。

"请坐。"

妇人先是对于唐突拜访致歉,而后恭敬行礼,坐在了教授指的那张椅子上。在那时,妇人从衣袖中取出一方白色的什么,大约是手绢吧。教授见到此情景,赶紧将桌子上的朝鲜团扇递过去,并在桌旁的椅子上坐下。

"真是很舒适的住所呢。"

妇人略显刻意地环顾了房间。

"哪里哪里,只是大,一向不打理。"惯常这般回话的教授将女佣端来的冷茶放在客人面前,同时将话头转到对方身上,"西山君怎么样?身体状况没有什么变化吧?"

"是。"妇人谦恭地将双手交叠在膝上,稍稍停顿后又平静流畅地说道。

"实际上今日是为犬子之事前来打扰先生。他去世了。他在世时承蒙先生照顾……"

教授以为妇人没有饮茶是出于客气,想着与其相劝不如自己主动喝为好。这时他正想要将红茶茶碗递至嘴边，然而茶碗还没接触柔软的胡须，听到妇人所说，教授大吃一惊。饮，还是不饮？这种与青年之死毫无关联的思绪一瞬间烦扰教授的心。然而也不能一直手持茶碗，因而教授狠下决心，猛地喝了半碗，微微皱眉，好似哽咽的声音说了一声："那真是太……"

"……住院期间，他时常念叨先生的事情。因而即便知道您十分忙碌，还是想说给先生听，并向先生表达谢意……"

"不，不必客气。"

教授搁下茶碗，紧接着拿起涂了白蜡的团扇，怅然说道：

"终还是去世了。正是大有可为的年纪。……我也久未去医院看望，总以为已好起来了……那，是何时去世的？"

"昨日正好是头七。"

"在医院去世的吗？"

"是。"

"唉，实在很意外。"

无论如何，总是拼尽全力了。既然无计可施，也只能放弃。回想过去种种，也无法再表达抱怨之情。

交谈之间，教授意外发现，这位妇人的态度与举止似乎不像是在谈论自己儿子，眼中也没有眼泪，声音也极为平常，甚至嘴角还微微带笑。因此如若不听谈话内容，仅看外貌的话，任谁都定会认为这位妇人不过是在闲话家常。对此，教授觉得不可思议。

那是发生在教授留学柏林期间的事。当今德国皇帝的父亲威廉一世驾崩，教授在常去的咖啡店里听到这个讣告，起初也只是有几分感触，于是与往常一般将拐杖夹在腋下，精神奕奕地回到住处。刚一打开门，公寓里的两个孩子便一把抱住了教授的脖子，一下子哭了出来：其中一个是身着茶色夹克，十二岁的女孩；另一个是身着深蓝色的裤子，九岁的男孩。格外喜欢孩子的教授一头雾水，便一边抚摸着两人光泽明亮的头发，一边连连问道："怎么了？怎么了？"安慰着孩子们。可是孩子们仍然大哭不止，后来哽咽着说道：

"听说陛下爷爷去世了。"

一国元首之死，竟连孩子们都如此悲伤，对此教授觉得不可思议。这绝不能单纯理解为皇室和人民之间的关系问题。自来到西洋，西洋人冲动的情感表达方式已多次震撼了教授的视听。现在这种情况则更使身为日本人、身为武士道信奉者的教授大为吃惊。那时那种惊讶和同情交叠成一体的心情，至今也难以忘怀。教授现在也正是那般惊讶，只是此番反而是因为这位妇人的不落泪而感到不可思议。

然而在第一个发现后，紧接着又有了第二个发现。

正好主客的话题开始于追怀去世的青年，深入到日常生活的细节，然后又回到最初的追怀之事。不知为何，朝鲜团扇从教授的手中滑落，落在了拼花地板上。对话自然并非紧迫不已，而是从容不迫地缓缓进行。于是，教授从椅子上向前低下上半身，弯着腰，朝地板伸出手。团扇落在小桌子下面，掉在妇人套在拖鞋里的白袜子旁边。

就在那时，教授偶然瞧见了妇人的膝盖。膝盖上搁着握着手绢的手。当然，仅止于此的话自然算不得什么发现，但教授还发觉妇人的手在剧烈地颤抖。他还留意到（妇人）双手一边颤抖一边或是出于抑制激烈感情波动的缘故，似是要将手绢撕裂一般，紧紧地握住手绢。同时，他还注意到那布满皱褶的丝质手绢在纤纤指间好像被微风吹拂一般，绣花的手绢边缘抖动着。妇人虽然脸带笑容，实际上从方才开始，她全身都在哭泣。

拾起团扇，抬起脸，教授的脸上浮现出从未有过的表情。这是看了不该看的事物而引起的虔敬之情以及伴随这种心情而来的满足感，且多少带有戏剧感，好像有些夸张的极为复杂的表情。

"您的心痛，即便是我这样没有子女之人也很是了解的。"

教授似是看到刺眼的东西一般，带着几分做作地转过脸去，同时用低沉、感情充沛的声音说道。

"十分感谢。但是今后无论说什么，他也无法回来了……"

妇人微微低下头。她那明朗的脸庞上仍旧堆满灿烂的微笑。

两个钟头后，教授洗了澡，用了晚餐，吃了饭后的樱桃后，轻松地坐在藤椅上。

漫长夏日的黄昏，一直泛着微弱的光。敞开着玻璃窗户的宽阔走廊，并不容易暗下来。教授在那微弱的光辉中，从方才开始便将左膝交叠在右膝上，脑袋倚靠藤椅的椅背，呆呆凝望着岐阜灯笼的红色穗子。先前的那本斯特林堡一直拿在手中，却似乎一页也未读进去。这自然也是有原因的。教授的脑海中，依旧满是西山笃子夫人的稳健举止。

教授一边吃饭一边原原本本地同妻子说了这件事，并且赞赏其为日本的女武士。热爱日本和日本人的妻子听闻此事自然很是同情。教授十分满足于找到妻子这样热忱的倾听者。妻子、方才的妇人以及岐阜灯笼，现在此三物以某种伦理道德为背景浮现于教授的意识之中。

无从得知教授在这种幸福的回忆之中沉浸了多久。其间，教授突然想起某杂志约稿一事。那本杂志以"给现代青年的寄语"为题，向各方征集公众道德方面的意见。教授想以今日之事为素材赶紧写下所感递送出去，想到这儿，他稍微搔了搔脑袋。

搔脑袋的手，便是拿着那本书的手。这时教授注意到，方才搁置的那本书，顺着先前夹进去的名片，打开正在读的那一页。那时恰好女佣来了，点上了岐阜灯笼，因而细瘦的印刷字也并不难以阅读。教授并无读书之意，目光便漫不经心地落在书页上。斯特林堡这般说道：

——在我年轻的时候有人跟我说过海贝尔克夫人的，大概是来自巴黎的手绢之事。面带微笑，双手却把手绢一撕两半的双重演技。如今我们将其称为做作。……

教授将书本置于膝上。就那么打开着放着，因而西山笃子的名片仍旧夹在其中。然而教授心中想的已不再是那位夫人，并且既非妻子也非日本文明，而是试图打破那种平稳和谐的某种不知所谓的东西。斯特林堡所指摘的表演方法，自是与实际道德上的问题不同。然而从至今所读过的文字中得到的暗示，其中好似有什么扰乱着刚沐浴过的、闲适自在的教授的心情。不仅如此，还扰乱着武士道，扰乱着那个独特的表演方法……

　　教授不快地晃了两三回脑袋，然后又翻眼朝上瞧，开始紧紧端详着画有秋日草木的明亮的岐阜灯笼……

　　　　　　　　　　　　大正五年（1916）九月

忠　　义

┗┓ 一、前岛林右卫门 ┏┛

板仓修理在病愈后，疲劳稍稍消退之际，旋即又被严重的神经衰弱所扰。

肩酸头痛，就连平日爱好的读书，他也无法专心投入。只要一听到经过走廊的脚步声、家人的说话声,就马上无法集中精力。久而久之,现如今只要稍有刺激,他的神经便会饱受摧残。

例如,烟灰缸的莳绘①,黑底上描绘着金色蔓草纹样。无论如何他都对那纤细的茎与叶在意不已,心神不宁。此外,一看到象牙筷、青铜火筷等尖细的物品,他也会惊恐不安。最后就连看榻榻米边缘交叉的角、天花板的四角也好似在注视刀刃一般,令他的神经感到十分紧张与痛苦。

修理只得整天神情阴郁地困坐在起居室。无论做什么,他都痛苦不堪。他也时常思忖,若能这般失去意识该有多好,然而纤细敏感的神经却不容他这般想。他如同落入蚁蛉深穴里的蝼蚁一般,焦躁不已地环顾着四周。而周围对他的此种心境全然不能理解,尽是一味恐惧发生意外而小心服侍主人的"谱代之臣②"。"我极为痛苦,却无人理解我之痛苦。"思虑至此,

---

① 莳绘,在漆器上用金、银粉等材料进行纹样装饰的绘制,是日本传统工艺技术。
② 谱代之臣,世代侍奉同一家族的臣子。

他更是备感痛苦。

修理的神经衰弱,因未得到周遭人的理解而发作得更加迅猛。每当他兴奋发作之时,叫嚷声一而再、再而三传到左邻右舍,甚至数度将手搭在刀架上的刀上。那种情境下,任谁都觉得,他已经变了一个人。平日里泛黄瘦削的脸庞无端痉挛,连眼神也异常地裹挟着杀气。如此,若是发作更为严重之时,必会开始用颤抖的双手抓挠两侧鬓毛。近旁侍奉的人都通过他抓挠鬓毛的动作来判断他的精神异常是否发作。在那种情况下,大家互相警戒,谁也不敢靠近一步。

发疯——修理本人也对此抱持恐惧之心。自然,周遭的人也有此感觉。修理自然对周遭人的此种恐惧十分反感。然而他打一开始就没打算反抗自身所感受到的恐惧。发病结束后,比先前更加忧郁的情绪笼罩心头之时,他时而意识到这种恐怖好似闪电一般威胁着自己。与此同时,甚至有一种凶兆似的不安袭来:那种恐惧本身就好似发疯的预告一般。"若是发疯的话会当如何?"这样一想,顷刻他的眼前好似突然变得一片漆黑。

自然，这种恐惧不断被外界刺激带来的焦躁情绪所抹杀。而另一方面，这种焦躁情绪又往往极易唤起他的恐惧感。换言之，修理之心境好似追逐自己尾巴的猫一般，无休止地重复着两种不安之间的循环。

修理的精神异常，给一家人带来了极大忧患。其中为此最为劳心劳力的要数家老[①]前岛林右卫门。

林右卫门，虽说是家老，其实是从本家的板仓式部派来的总管。修理平日也要对他礼让三分。林右卫门是位几乎从未生过病、黑红脸庞的魁梧男子。而他文武双全这一点，在家中武士里也无出其右者。出于这种关系，他一直扮演修理的"谏臣"这一角色。大家称其为"板仓家的大久保彦左[②]"，这完全是出于其忠心谏言的诨名。

林右卫门将修理的精神异常看在眼里，夜不能寐，为了主家，殚精竭虑，烦忧不已。既然修理病已痊愈，就应于近日登城感谢病情缓和。若是在登城之际，精

[①] 家老，日本武家家臣中最高职务，管理幕府和领地的政治、经济和军事活动。
[②] 大久保彦左（1560—1639），全称大久保彦左卫门。江户时代初期的武士，奉侍德川家康、德川秀忠、德川家光。

神异常发作的话，于陪同的诸位大名、共同列席的旗本①同僚该是何等失礼。万一某天发生杀伤事件，板仓家的七千石俸禄将会被全部"收走"。殷鉴不远②，切莫发生堀田稻叶之争。

林右卫门思虑至此，则坐立不安。而按照他的说法，精神异常并非"身体疾病"，完全是"心病"。于是他打算如同他谏言肆无忌惮、谏言奢侈铺张一般，果敢地向修理谏言神经衰弱一事。

此后，每当有机会，林左卫门便向修理苦苦谏言。然而修理的精神异常却丝毫未有好转。倒不如说，林右卫门越是谏言，越是焦急，越可见修理病情越发严重。甚至修理一度差点要斩杀林右卫门："你这家伙不将主子放在眼里，要不是顾虑本家的情分，马上杀了你！"此时，林右卫门看到修理眼中不仅有愤怒，还有难以消解的憎恨。

此间，主仆间的亲密感情因林右卫门的不断苦谏而不知不觉变得紧张起来。变成这样，自然不仅是因为

---

① 旗本，日本武士的一种身份，将军的直属家臣。
② 殷鉴不远，出自《诗经·大雅·荡》，意为前车之鉴。

修理憎恨林右卫门，而林右卫门的心里也不知不觉萌发了对修理的憎恨。自然，林右卫门尚未意识到这种憎恨的存在。至少除却最后一刻，他始终觉得自己对修理的耿耿忠心丝毫未改。"君不君，则臣不臣。"这不仅仅为孟子之"道"，其背后更是为人的自然之"道"。只是，林右卫门并不愿意承认这一点。……

他也只是在尽为臣之道。然而苦谏无果已让他尝尽苦头。于是，他决意将一直酝酿在心中的最后一招付诸行动。所谓最后一招，无非是逼迫修理隐退，从板仓一族中扶持养子上位。

万事以"家族"为先。（林右卫门如此思量。）现今的当家主人必须为"家族"做出牺牲。特别是板仓本家是自先祖板仓四郎左卫门胜重以来，从未有过任何瑕疵的名门大家。二代左卫门重宗继承父业，担任所司代[①]一职更是誉满四方，光辉事迹不胜枚举。其弟主水重昌于庆长十九年（1614）大阪冬之阵媾和之时，幸不辱命，后来于宽永十四年（1637）岛原之乱

---

① 江户时代由江户幕府设置的京都所司代主要负责维持京都治安等职责。

时作为西国军之将高举将军御名代之旗。如此世代名门，万一声名受辱，如何使得？身为臣子，九泉之下，如何有脸面去见板仓家的列祖列宗？

因这般思虑，林右卫门悄悄在族中物色人选。幸而发现，担任若年寄[①]一职的板仓佐渡守有三个尚未继承家权的儿子。只要将其中一人定为继承人，提出养子申请，则明面上的事情都好办。原本这些事必须瞒住修理及其妻子秘密进行。他绞尽脑汁思虑至此，现今想要首度公开出来。于是，与此同时，他感觉未曾有过的某种悲伤之情笼罩住他的心。"一切皆是为了这个家族。"如此，他的决心中有如月晕渗透一般，而他自己也只能朦胧意识到，似乎为了保护某物的某种努力。

病弱的修理首先憎恨林右卫门强健的体魄，其次则憎恨他作为本家的仆人，背地里却大权在握。最后，修理亦愤恨他所谓以"家族"为核心的忠义思想。"这家伙不将主子放在眼里"，修理的这样一句话中，暗

---

① 若年寄，江户幕府的职务名称。直属于将军，仅次于老中的重要职务。管理老中职权范围以外的诸如旗本、御家人等官员。

藏着他如同未燃尽烈火中的暗淡焰火一般的憎恨之情。

正在这个当口,修理意外从妻子口中得知了林右卫门的这一恶毒计划。妻子偶然之下得知林右卫门计划逼迫修理隐退,迎板仓佐渡守之子为养子。不必多说,得知此事的修理怒不可遏。

原来如此,或许林右卫门将板仓家族的利益看得高于一切。但是所谓忠义,所谓一切为"家族",就可以蔑视现今侍奉的主人吗?并且,林右卫门所谓为"家族"殚精竭虑,亦可说是杞人忧天。因这杞人忧天便要逼迫自己隐退。或许在所谓虚张声势的"忠义"背后,暗藏着霸占一家的野心也未可知。如此想来,修理便觉得用任何酷刑来惩罚此种不义之臣的举措都显得过于宽容。

修理从妻子那得知此事后,马上唤来曾任他的哺育(管家)一职、名为田中宇左卫门的老人,如此说道:

"将林右卫门那家伙斩首。"

宇左卫门斜着他半白的脑袋。他那看上去比实际年龄还要苍老的脸庞,因近来的劳心而更添皱纹。对于林右卫门的这一谋划,他自然也是颇为不快。但是无论如何，林右卫门也是本家来的随从：

"斩首并不稳妥。若是让他保持武士气节切腹自尽的话，则另当别论。"

修理闻得此言，用嘲笑一般的眼神看向宇左卫门。然后使劲摇了两三回脑袋：

"可恶的奴才，没有让他切腹自尽的理由。斩首，必须斩首。"

然而修理一边如是说道，却不知为何，那毫无血色的脸颊上哗哗落下泪来。然后，不久又如往常一般开始两手抓挠鬓发。

修理要斩杀林右卫门的命令立马由林右卫门的心腹传到他的耳朵里。

"正好！事已至此，我林右卫门也要争一口气，岂能束手就擒被斩首！"

他凛然如是说道，且他一听闻这一消息，至今一直萦绕在他心头的那种莫名的不安也顷刻烟消云散。如今在他心里只有对修理明晰的恨意。修理于他而言，已不再是主人。如今已经可以毫无忌惮地憎恨修理。他的心头变得敞亮，这是因为无意识间，他几乎是刹那间就认可了这一思考方式。

于是,林右卫门带领妻子、子女和部下于白昼离开了修理的府邸。依照惯例,他将写有新住址的纸片贴于大厅墙壁之上。林左卫门亲自将长枪夹在腋下,走在前头,加上包含扛着武器、扶老携幼的年轻侍者和仆人在内,一行也不过十人。林右卫门领着一行人神情自若地走出门去。

那是延享四年(1747)三月末之事。门外带着些许暖意的风卷起樱花和尘埃,吹拂着武士宅院的窗户。林右卫门立于风中,再度环顾了左右,而后以长枪为信号指挥一行人向左行进。

二、田中宇左卫门

林右卫门离府后,田中宇左卫门代替其职,出任家老。因他曾是修理的哺育管家,看待修理的眼神自然与其他家臣不同。他以双亲一般的感情来关怀、安抚修理的精神异常。修理也似乎唯有对他才稍显顺从。

于是，主仆关系远比林右卫门在任时融洽。

伴随着夏季到来，修理的病情发作也变得和缓。宇左卫门对此感到欣喜。他并非不担心万一修理因病在大殿上做出失礼举动。只是，林右卫门之担心是出于事关"家族"之大事，而他的担心则是出于事关"主人"之大事。

不用说，"家族"之事自然也在他的考虑之中。然而，即便有何变故，若只是单纯的"家族"灭亡，则并非大事。但若因为主人之过使得"家族"灭亡，使主人背负不孝之名的话，则是大事。所以，为防患于未然，该当如何呢？对此，宇左卫门不似林右卫门一般有明确的见解。在他看来，怕是除却祈祷神明的庇佑与自己的一片赤诚来平息修理的精神异常之外，别无他法。

那年的八月一日，即德川幕府举行所谓的八朔[①]仪式当日，修理在病愈后首次参与了公务活动。于是他顺便拜访了当时在西丸的若年寄板仓佐渡守[②]，而后返

[①] 八朔，八月朔日的简称，旧历八月一日。为感谢早稻收成的答谢仪式。
[②] 佐渡守，以播磨国神东郡柏尾（兵库县神崎郡神崎町柏尾）为根据地的领主。

回宅邸。修理在大殿上并无任何失礼举动，宇左卫门第一次觉得紧锁的愁眉得以舒展。

然而他的喜悦甚至没有维持一天。当日晚间，板仓佐渡守派来了急使，请宇左卫门速速前往。宇左卫门心头感受到如同凶兆一般的威胁。自林右卫门任职以来，还从未有听闻过夜晚突然派使者来邀人前往之事，且今日是修理病愈后首次登城之日。于是，不祥的预感围绕着左卫门，他急忙赶去佐渡守府邸。

于是乎，果然是修理对佐渡守有失礼之举。今日公务结束后，修理便身着绢麻质地的白色单衣前来拜访西丸的佐渡守。佐渡守觉得修理的脸色看上去不大好，又或是虽已病愈但尚未完全恢复过来。两人谈话之间倒也未见病态。于是，佐渡守放下心来。闲话之际，佐渡守如同往日一般偶然问起前岛林右卫门的近况。修理一听，脸色马上沉了下来，道："林右卫门那个家伙，前些日子悄悄从我家逃走了。"佐渡守对于林右卫门其人十分了解，他绝不是无任何缘由便私自背弃主人出走之人。这样一思忖，佐渡守一边询问事情的详细原委，一边告诫道，本家遣来的随从即便犯了什么过错，不与亲族商量，也不告知亲族，如此处置甚为不妥。然而修理闻言，脸色陡然生变，手扶刀柄，说道："佐渡守阁下似乎特别偏袒林右卫门，但是如何处置我自己的部下，全凭我一人决断。即便像您这般出人头地的若年寄，也不要多管闲事。"佐渡守对修理的如此言语目瞪口呆，而后借口公务繁忙，急忙离开。"可清楚了？"将事情原委道明后，佐渡守现今更是愁容满面。

其一，未将林右卫门离去的原委告知亲族，乃宇左卫门之过；其二，让仍伴有精神异常的修理登城，宇左卫门也难辞其咎。修理此番言语幸而是对佐渡守所讲，若是对在座的诸位大名大放厥词，则板仓家的七千石俸禄会被立刻剥夺。

"你记牢了，今后一定不能让他外出，尤其是坚决不能让他出席登城等公务事宜。"

佐渡守如是说道，眼睛紧紧盯着宇左卫门：

"在下只是担心主人在那些人面前表现异常，明白了吗？务必谨记。"

宇左卫门紧皱眉头，下定决心一般答道：

"谨记，以后一定小心谨慎行事。"

"嗯，绝不能再行差踏错。"佐渡守坚定说道。

"宇左卫门以性命担保，一定恪守。"

宇左卫门眼含泪水，仿佛恳求一般看向佐渡守。在那眼睛中不仅有乞求哀怜之色，还浮现出一种坚定的决心。这并非是一定要做到禁止修理外出的决心，而是若不能禁止修理外出将采取什么措施的决心。

佐渡守见此情景，又皱起眉头，厌烦似的转向一边。

若顺从"主人"之意，则"家族"难保。若是想要维护"家族"，须得违逆"主人"之意。林右卫门也曾陷入此等两难困境，然而他拥有为"家族"而舍弃"主人"之勇气。与其这样说，倒不如说从一开始，他便未将"主人"看得那般重要。因而，他能够轻易为"家族"而牺牲"主人"。

然而，自己却无法如此取舍。自己正是为了"家族"利益而与"主人"过于亲近。为了"家族"，仅为"家族"之名，为何要强迫现在的"主人"隐退？在自己看来，现在的修理与儿时连破魔弓都无法执起的年幼修理并无二致。自己为他讲解绘本；自己牵着他的手教他难波津之歌；自己制作的纸鸢，如此种种，历历在目……

虽说如此，若是对"主人"放任不管，那么不仅会导致"家族"灭亡，"主人"自身也凶多吉少。权衡之下，林右卫门所采取的措施，无疑是唯一且最为明智的做法。这一点，自己也认同，然而，自己却无论如何也没办法付诸行动。

远处的天空闪电划过，宇左卫门踏上修理宅邸的归途，黯然抱起胳膊，心中反复酝酿这些事。

次日，宇左卫门将佐渡守的话原原本本告知了修理。修理听罢，脸色立刻阴沉下来，却不似往日那般怒气冲冲。宇左卫门一边小心观察，一边慢慢放下心来。这一天总算无风无浪地度过。

此后的十来天，修理一直待在起居室，每日精神恍惚地思虑，即便看到宇左卫门也不发一言。仅一回，细雨蒙蒙之日，闻见杜鹃的啼鸣之声，他喃喃自语道："这是那鸟要占据黄莺的巢穴。"即便在那时，宇左卫门借机搭话，修理却沉默着看向昏暗的天空。其余时间里，他几乎像哑巴一般闭口不言，一动不动地看着拉门，脸上也未浮现出任何表情。

然而就在那晚，距离十五日的上殿还有两三日之时，修理突然找来宇左卫门，屏退旁人，阴沉着脸说道：

"诚如佐渡守所言，如今我这病体实在无法胜任公务。不如借此机会，索性隐退，你意下如何？"

宇左卫门稍显犹豫，没有开口。如若这是修理本意，那自然再好不过。然而为何修理这般轻易愿意让出继承权呢？

"诚如您所言，佐渡守阁下也曾如此说道。遗憾的是，除此之外恐怕别无他法。无论如何，首先要召集亲族……"

"不，不，隐退一事，与处罚林右卫门一事不同，不必和亲族商量，他们自会同意。"说罢，修理面露苦涩微笑。

"那恐有不妥吧。"

宇左卫门面带愁容地看向修理。然而修理却充耳不闻。

"如此，若是隐退的话，今后想上殿也是极难。如若这样……"修理紧盯着宇左卫门，好似斟酌着一字一句一般，"在我隐退之前，至少上一次殿，想前往西丸的吉宗官邸拜见。如何？让我十五日上殿吧。"

宇左卫门皱着眉头，沉默着。

"唯这一次。"

"实为冒昧直言，那恐有不妥吧。"

"不让我去吗？"

二人面面相觑，沉默不语。寂静的房间里，除却灯芯吸油的声音，再无声响。宇左卫门觉得这短暂的时间犹如一年之久。他既已对佐渡守表明态度，若不能遵守，允许修理上殿，则自己作为武士的颜面何存？

"已经向佐渡守阁下承诺，望您能谅解。"

过了一会儿，修理开口道：

"若允许我登城，则会招致亲族一众不满，修理了然于心。如此看来，我修理是一个疯子，不仅亲族一众，就连臣下也背弃我。"

说着，修理的声音逐渐颤抖起来。定睛一瞧，他已眼泪盈眶：

"我修理，受尽世间嘲弄，连继承权也要拱手让人。天道之光丝毫不曾照耀我身。这般的修理，此生唯一所望，不过上殿一回。宇左卫门不会拒绝于我吧？宇左卫门对于修理应是怜悯而非憎恨吧。修理更是将宇左卫门视作父亲,视作兄弟。不,犹胜亲兄弟。世界之大,修理我信赖的也唯有你一人,因而才会提出使你为难的请求。然而此番请求,一生唯这一次。宇左卫门,请你一定要理解我的用心,请你一定要原谅我的任性。请求你。"

在家老面前,修理双手着地,泪流满面,额头将抵榻榻米。宇左卫门深受感动:

"快请起身,快请起身。不敢领受。"

他执意握住修理的手,让他起身。接着,自己也落下泪来。伴随眼泪,他的心里也逐渐满溢安心感。泪眼婆娑之中,他又一次清晰地想起自己在佐渡守面前许下的承诺:

"那便如此吧,无论佐渡守阁下说什么,如有万一,宇左卫门自愿剖腹谢罪。以我一人之过,一定让您登城。"

听闻此言,修理立即面露喜色,与方才判若两人。如此变化,如同演员一般巧妙,甚至还有演员所没有的自然之感。他突然发出怪异的笑声:

"哦,你同意了啊。十分感谢,感激不尽。"

修理这般说道,十分高兴地环顾左右。

"大家听好,宇左卫门同意我登城了。"

屏退下人的起居间里,只有他与宇左卫门两人。宇左卫门不安地将膝盖前移,在立灯昏暗的火光中,听罢惶恐不已地看着修理的眼睛。

三、刃杀

延享四年(1747)八月十五日早晨八点多,修理于殿中,无故杀害肥后国熊本城主越中守[①]细川宗教。事情始末如下:

细川家在诸侯之中也属出类拔萃,是以骁勇善战闻名的大名。就连原先身为世家小姐的宗教之妻也深谙武道。而宗教自身也事无巨细,严于律己,无所疏漏。而民谣中所唱"细川三斋到末日,青皮刀下死非命"

---

① 越中守,以越中(旧国名,北陆道七国之一。相当于现在的富山县)为根据地的领主。

则完全是天意。

如此说来,事后回想细川家遭逢此凶事之前,亦有几个征兆:其一,那年三月中旬,品川伊佐罗子的府邸毁于火灾。这府邸可是供有妙见大菩萨,且供奉在神前的石头名为"水吹石",一旦发生火灾便会喷出水来,因而这座宅邸此前从未被烧毁过。其二,五月上旬,人们发现贴在门上的守护符咒似有异常,自鱼篮观音菩萨的爱染院呈上来的守护符咒"武运长久、消灾解难"这几个字中少了一个"灾"字。向上野"宿坊"的"院代"[1]咨询后,赶忙请爱染院重写。其三,据说八月上旬,每晚都会闹出一大团怪火来,自宅院的厅堂飞向草地方向。

此外,八月十四日白天,精通天象的家臣才木茂右卫门来到"目付"[2]那儿,说道:"明日十五日,殿下恐有灾祸。昨日夜观天象,将星将落。请他务必小心谨慎,不要外出。"目付本来并不信天象之说,然而平素主人十分信任此人的预言,便将此话说与近侍,

---

[1] 院代,代理寺庙住持职务之人。
[2] 目付,江户时期主要职责为监视家臣行动。

让其传话给越中守。于是越中守便取消了原定十五日举行的能狂言演出，也取消登城之后拜访他人的计划。但登殿一事属于公务，无法推辞。

次日，不祥之兆又添一桩。十五日当日，越中守如往常一般换上一身麻布衣服，然后向八幡大菩萨敬神酒。但是当他从侍童手中接过放有盛着神酒的两个瓶子的供盘之时，却不知为何，两个瓶子突然一起倒下，神酒尽皆洒到外面。彼时，在场众人都不禁神色大变。

次日，越中守登城之时，首先在坊主田代祐悦的跟随下进入大厅。然而，不久越中守内急，便带着坊主黑木闲斋，来到茶水间旁的厕所解手。正当他如厕后出来，于昏暗的洗手处洗手时，突然不知何人从背后大喊一声砍杀了过来。越中守大惊失色，回过头看，此时长刀再次砍来，从他眉宇间划过。因而鲜血旋即溅入眼中，不辨来者何人。对方趁此机会，不断挥刀砍杀。越中守跟跟跄跄，最后倒在四间的边沿上。对方将短刀扔下，慌忙逃走，不见踪影。

然而，陪同的黑木闲斋因此突变而狼狈不已。他慌不择路地逃往大厅，随后便找一处所躲藏起来，因而无人知晓方才的刺杀。不多时,一个名唤本间定五郎的仆人从值班室去仆从室途中,发现此事,立即将情况报告与"徒目付"①。于是徒目付队长久下善兵卫,徒目付土田半右卫门、菰田仁右卫门等人自徒目付处赶往事发地。殿中突然好似捅破了马蜂窝一般,乱作一团。

众人将伤者抱起,却只见其满脸、浑身血肉模糊,根本无法识得是何人。然而将嘴巴贴近那人耳朵叫喊时,却听得微弱的声音答道"我乃细川越中"。接着问道"何人刺杀你"时,那人只是回答"身着上下一色衣服的男子"。再想问的时候,那伤者已然不能回答。伤口为"颈部约七寸,左肩处约六七寸,右肩约五寸,左右双手约有四五处。鼻、耳朵、头部两三处,后背至右腰间约一尺五寸"。于是,当值的目付土屋长太郎、桥本阿波守自不必说,大目付②河野丰前守也一起将伤者抬到有地炉的房间,四周围上小屏风,由

---

① 徒目付,江户幕府时期的职务,受目付率领,主要负责调查、牢狱等等。
② 大目付,江户时期职务之一,位于老中之下,主要负责监视大名以及朝廷的监察官。

五个坊主看守,并由来大厅上殿的诸位大名轮流照料。其中松平兵部少辅一路上对伤者最为关心,其情真切,旁人也不禁感动。

其间,一面派人将此突变通传给老中和若年寄,同时以防万一,将玄关前到正门的门窗全部关闭严实。见此状况,诸位大名的家臣大为吃惊,知晓殿中发生大事,立即骚动起来,实非寻常。目付几度前来控制场面,可即便一时得以压制,立刻又如同海啸一般,再生波澜。此时,府邸内也愈加混乱。目付土屋长太郎带领徒目付和火番[①]等人在府内搜查犯人,从一要所至另一要所,耐心仔细四处探查。然而,无论如何也未能找到那个"身着上下一色衣服的男子"。

一个名叫宝井宗贺的坊主却在意料之外的地方发现了那人。宗贺其人平素胆大,便独自一人来到大家都不去的地方搜寻。忽然间,他在有地炉的房间附近的厕所里,发现一个鬓发凌乱的男子如同漆黑的影子一般蹲在那边。因为昏暗,一下子未辨是何人。只见

---

① 火番,负责江户城内预防、发现火灾等工作。

他从皮袋子里拿出剪子，正剪着自己凌乱的鬓发。于是，宗贺走近开口问道：

"何人？"

"我杀了人，现今在剪头发。"对方用暗哑的声音回答道。

这便毫无疑问了。宗贺马上唤来人，将此男子从厕所里拖出来，交与了徒目付。

徒目付将他带到炉火照暖的房间，在大目付以及其他目付的监督下一同审问杀人的具体经过。那男子只是茫然地看着殿中的骚乱，却做不出像样的回答。偶尔开口说话，也是喃喃杜鹃鸟之事，而后又用沾满鲜血的手不断抓挠鬓发。修理，已然疯了。

细川越中守在有地炉的房间里咽了气。按照大御所吉宗的暗中授意，对外只称负伤，将其放在轿子里，由中口送到平川口。直到二十一日才公布死讯。

越中守去世后，修理立刻被关押在水野监物[①]处。修理也被藏在轿子里，由中口送到平川口。围在轿子

[①] 监物，直属中务省的官职，主要负责仓库锁匙的管理和出纳事务。

周围的有水野家的步兵五十人，一律身着崭新的红茶色单衣和崭新的白色九分裤，手持崭新木棒，戒备森严。这些人皆由监物平日事无巨细地精心培训，以备不时之需。此种周到妥帖的护送，当时也颇受赞许。

事发七日后的二十二日，大目付石河土佐守传达上级指示："虽说修理形状疯癫，精神失常，但以刀刃伤害细川越中守，致其死亡，命其于水野监物宅邸剖腹自尽。"

修理在大目付石河土佐守面前，面对依规矩递给他的匕首，只是茫然将手交叠置于膝上，并不想接过刀的样子。于是，行使"介错"①工作的水野家家臣吉田弥三左卫门只得从其背后砍下其头颅。虽说是砍下，事实上脖子上的皮肉仍有稍许粘连。弥三左卫门拿着那头颅，自下而上展示给"检使"②官员看。那是个高颧骨、皮肤发黄的可怜头颅。不用多说，自然是死不瞑目。

---

① 介错，切腹之时，为减轻濒死之人的负担和痛苦，从背后帮助其切下脑袋。
② 检使，本为调查事实而派遣的使者，检视刺杀、意外死亡等。江户时代因制度调整，负责验尸。

检使见此，闻着血腥味十分满足似的说道"极好"。

同日，田中宇左卫门在板仓式部的宅邸里被处以斩首之刑。其罪状为"明知修理之病，也曾多次向板仓佐渡守保证禁止病中的修理外出，却擅自做主允许其进殿。故而导致凶案发生，可恶至极。剥夺七千石俸禄，处以斩首之刑"。

不必多说，板仓周防守、板仓式部、板仓佐渡守、酒井左卫门尉、松平右近将监等家族中人也受株连，被罚以闭门思过[①]。此外，对越中守见死不救、独自逃跑的黑木闲斋，被剥夺俸禄，逐出家门。

修理之刃杀，多半是误杀。因细川家的家纹九曜星与板仓家的家纹九曜巴十分相似。修理本打算刺杀佐渡守，却误杀了越中守。从前，水野隼人正斩杀毛利主水正也是因为认错人。尤其是洗手处这样昏暗的地方，尤为容易产生这样的差错。此为当时世间的普遍看法。

然而唯有板仓佐渡守持有不同看法。每每听到旁

---

① 原文为远虑，是江户时期对于武士及僧侣进行的一种刑罚。属于较轻刑罚，在自家闭门思过，不得外出，但允许夜间悄悄出门。

人这般说，他总是苦恼不已地说道："我不觉得自己有被修理刺杀的理由，何况那是疯子所为。刺杀肥后侯，大约也是毫无理由。看错人之类，不过是让人困扰至极的揣测。至于证据，在大目付面前，修理不是喃喃什么杜鹃鸟之类的嘛，说不准是将其当成了杜鹃鸟而斩杀的。"

大正六年（1917）二月

貉

据《日本书纪》[①]记载，日本于推古天皇三十五年（628）春二月在陆奥[②]等地区陆续出现貉精变人之事。然而，据别史所记，此非"化人"（幻化人形），而为"比

[①] 《日本书纪》是日本留传至今最早的正史，被誉为"六国史之首"，且《日本书纪》为钦定正史，其影响远超其他史书。
[②] 日本古国名。

人"（模拟仿效）。不过无论哪种，都刻画貉精擅歌。不论是"化人"也好，"比人"也罢，看来貉似人一般歌唱这一事确为真。

据更早的《日本书纪·垂仁纪》所述，八十七年，丹波国①一个名唤瓮袭之人，他养的狗吃了只貉子，从那貉肚子里发现了丹波国八尺琼勾玉②。江户时代小说家曲亭马琴的读本小说《南总里见八犬传》③中，也借由此玉钩为八百比丘尼椿的出场造势。不过，垂仁天皇时代的记述里，貉的肚子里只藏有珠宝，不似后世的貉子那般幻化自如、千变万轸。因此，算来貉始幻化为人应当始于推古天皇三十五年春二月。

自神武天皇东征④的远古时期起，貉便一直栖身于山林原野之中。直至皇纪1288年，貉始化为人形。这套说词，也许乍听甚觉荒谬，但恐源于下述之事：

---

① 旧国名，在律令制下属于山阴道。现今分属于京都府西北部和兵库县东部。
② 八尺琼勾玉是日本传说中"三神器"之一，而三神器一词来源于日本的神话传说。传说中的三把神器分别是草薙剑、八尺琼勾玉、八咫镜。这三种神器，两千年来一直被当作日本皇室的信物，为民众所熟知。
③ 曲亭马琴（1767—1848），日本江户时代著名的畅销小说家。1814年，其著作《南总里见八犬传》的读本小说在日本刊行。
④ 神武东征乃日本神话中，第一代天皇神武天皇自日向（今九州宫崎县）出发，向东征服大和的故事。

彼时于陆奥，以海水制盐谋生的行当中，一位取海水劳作的女孩与同村一名负责煮海水的青年男子情投意合，两人风情月思。女孩与母亲同住。二人便只能每晚偷偷相会，久而久之，两情缱绻。

小伙子每夜翻山越岭，赶赴女孩家附近。女孩估摸着时间，悄悄溜出家前来幽会。但女孩毕竟顾忌母亲，迫不得已频频失期。有时在落月复西斜之时才得以脱身前来，有时直至公鸡打鸣之时都未得脱身相见。

这种情况连续出现几次以后，小伙儿便蹲于一块立如天然屏风的岩石背后等待。为消遣寂寞，他纵情歌唱。他把魂牵梦萦的焦躁思绪隐没在落寞沙哑的嗓音中，为了不让歌声湮没在汹涌涛声中，便扯着嗓门放声大唱。

母亲闻声，便问睡在身旁的女儿是何声音。女孩起先装睡，但在母亲反复询问之下，她只得回答"好似并非人的声音"。女孩愈发心虚忐忑，只得胡乱搪塞。

母亲复问道："若非人的话，那是何物在唱歌？"

女孩急中生智，胡诌道："可能是貉吧。"自古以来，爱情确是能让人学会随机应变。

翌日，天刚蒙蒙亮，女孩的母亲就把听见貉唱歌之事说与在附近编草席的老妪。这老妪夜里也听到了歌声。"貉会唱歌吗？"虽然心里半信半疑，却也与一个割芦苇的男人说道起这桩事。

一传十，十传百，村里化缘的僧人听闻此事，便向大家详细解释貉唱歌的缘由——佛教中有轮回转生之说。正因如此，或许貉之灵魂原本是人之灵魂。若是如此，貉能办到人所能及之事也便顺理成章。所以月夜里唱歌云云，不足为奇……

此后，村里又有几人听到貉的歌声，最后甚至有人声称见过貉。那是一个去海边寻找海鸥蛋的人。他声称，某夜沿岸返回时，残雪微光之中，目睹一只貉一边唱歌一边慢悠悠徘徊于海边的山阴处。

既瞧见了身影，全村男女老少皆觉得听到貉的歌声这事自然入情入理。貉的歌声时而自山上传来，时而自海边传来，时而甚至自散落在山岭与大海之间的茅草屋顶传来。不仅如此，连那个取海水的女孩某日夜里也突然被歌声惊吓……

女孩自然知道那是青年的歌声。她听着母亲均匀的呼吸声，判断母亲应当睡熟，于是蹑手蹑脚爬出被窝，打开一道门缝，观察外面的动静。淡淡月光下，只闻轻柔海浪声，丝毫不见男子身影。女孩环视四周，少顷，突然好似被春夜的阵阵冷风偷袭了一般，吓得捂着脸颊，不敢动弹，僵立在原地。她借由朦胧月光，看见门前沙地上清晰地印出貉的点点足迹……

未几，就连隔着千山万水的几百里外的京畿地区都对此事有所耳闻。于是，山城的貉、近江的貉，最后连与貉同类的狸也开始"化人"。据悉，德川时代，佐渡国①一个名叫团三郎、非貉非狸的先生甚至能幻化成大海彼岸的越前国②人。

也许大家会说：它们并非真的可以变幻，而是人们相信它们会变身。但是，它们果真会幻化与人们受惑相信它们会化形之间，究竟有几分区别呢？

归根结底，于我们而言，不仅是貉，所谓"一切皆有"，究其本质，难道不正是我们相信"一切皆有"吗？

---

① 佐渡岛是位于日本新潟县西偏北日本海中的岛屿，日本本州以西，旧属佐渡国，现属新潟县。
② 古代日本令制国之一，属北陆道，又称越州。

爱尔兰诗人叶芝[1]在《凯尔特的薄暮》[2]中叙述道，吉尔湖边的孩子们自小便坚信，身穿蓝色和白色衣服的新教徒少女就是昔日的圣母玛利亚。从同样活在人心里这一角度来看，湖边的圣母与山泽的貉如出一辙。

正如我们的祖先相信貉会变成人一样，我们不也相信活在我们心中之物吗？而且依照所信之物命令的生活方式来生活。

这正是不可轻视貉的原因所在。

大正六年（1917）三月作

---

[1] 威廉·巴特勒·叶芝（1865年6月13日—1939年1月28日），亦译"叶慈""耶茨"，爱尔兰诗人、剧作家和散文家，著名的神秘主义者，是"爱尔兰文艺复兴运动"的领袖，也是艾比剧院的创建者之一。

[2] 叶芝的代表作之一，是一部优美的爱尔兰神话传说。